KB062362

로크미디어가
유혹하는
재미있는 세상

ROK
MEDIA
로크미디어

무림세가
전생랭커

무림세가 전생랭커 10

2021년 11월 24일 초판 1쇄 인쇄
2021년 11월 29일 초판 1쇄 발행

지은이 산보
발행인 김정수 강준규

기획 이기헌 왕소현 박경무 강민구
책임편집 천기덕
마케팅지원 배진경 임혜솔 송지유 이영선

발행처 (주)로크미디어
출판등록 2003년 3월 24일
주소 서울시 마포구 성암로 330 DMC첨단산업센터 318호
Tel (02)3273-5135 **편집** 070-7863-0307 **Fax** (02)3273-5134
홈페이지 rokmedia.com **E-mail** rokmedia@empas.com

ⓒ 산보, 2021

값 8,000원

ISBN 979-11-354-7051-6 (10권)
ISBN 979-11-354-9773-5 04810 (세트)

산보 신무협 장편소설

10

무림세가
전생랭커

ROK
MEDIA
로크미디어

차례

1장

"끼이잇!"

"……!"

삭풍강뢰에 직격당한 라미아들은 어떠한 저항조차 하지 못했다.

몸 속 깊숙이 파고든 전류가 온몸을 마비시켰기 때문이다.

그들은 끔찍한 고통 속에서 본래의 색을 잃고 새까맣게 타들어 가는 자신의 육신을 그저 멍청하게 바라볼 수밖에 없었다.

하지만 이 엄청난 참경을 만들어 낸 유신운은 지면에 가볍게 착지해 있었다.

그는 이 모든 것이 특별한 일이 아니라는 듯 아무 감정 없는 표정으로 전투태세를 다시금 갖추었다.

　엄청난 기운을 쏟아 내는 요괴로 변한 아미의 무승들을 너무도 손쉽게 처치한 그를 바라보며.

　'……정말로 우리는 방해만 될 뿐이었군.'

　'그야말로 뇌신의 현현이로군.'

　당가의 무인들은 그저 속으로 감탄만 할 뿐이었다.

　격이 다른 소신의의 무위는 경외감마저 불러일으키고 있었다.

　파즈즈!

　장원에 휘몰아쳤던 번개의 파동이 어느새 잦아들었다.

　시커먼 연기가 피어오르고 매캐한 냄새가 퍼지는 가운데.

　라미아의 사체들이 아무렇게나 널브러져 있었다.

　"스승……님."

　상체와 하체가 반으로 쪼개진 라미아 하나가 마지막 힘을 다해 멸절사태의 발치까지 기어갔다.

　처량하게 자신의 스승을 올려다보던 라미아는 곧이어 두 눈에서 빛을 잃었다.

　하지만 그를 바라보는 멸절사태의 눈동자에는 조그마한 연민의 감정도 없었다.

　'쓸모없는 놈들.'

　퍼억!

　멸절사태가 더러운 오물을 치우듯 라미아의 사체를 발로

멀리 걷어찼다.

오염된 마나에 타락할 대로 타락한 그녀에게는 오랜 시간을 함께했던 자신의 제자들조차 그저 한낱 장기 말로밖에 보이지 않았던 것이다.

"탈출로를 막아라!"

"절대 도망가게 두어선 안 된다!"

당견의 외침에 당가의 무인들이 일사불란하게 움직였다.

모든 아미의 무승들이 죽음을 맞이하며 장원에 남은 적은 멸절사태 한 사람뿐이었다.

그들은 사지에 몰린 멸절사태가 도망칠 것으로 예상하고 그녀의 뒤를 막아섰다.

벌레 같은 놈들이 자신의 분수도 모르고 설치는 꼴이라니.

멸절사태가 불쾌한 듯 미간을 찌푸렸다.

'일단 일대다의 상황은 벗어나야겠군.'

그때, 멸절사태가 품에서 알 수 없는 물건 하나 꺼내었다.

'저건?'

그것을 확인한 유신운의 눈에 이채가 떠올랐다.

그녀의 손바닥에 모습을 드러낸 것은 그가 지난날 크라켄을 해치우고 얻었던 것과 같은 곡옥이었다.

다른 것은 색뿐, 모양이 완전히 똑같았다.

우우웅! 우웅!

아니나 다를까, 간이 아공간에 넣어 두었던 자신의 곡옥이 진동하기 시작했다.

"금오십천(金鰲十天). 고결 무상한 요천(姚天). 빈(斌)이시여, 제게 잠시 힘을 빌려 주십시오."

그렇게 멸절사태가 뜻을 알 수 없는 말을 읊조림과 동시에.

우우웅!

촤아아!

곡옥에서 터져 나온 흉험하기 짝이 없는 섬광이 유신운을 덮쳤다.

"이건!"

"피하십……!"

당가의 무인들이 일제히 놀라 소리쳤지만, 유신운은 아무런 저항 없이 그 빛줄기를 모두 받아들였다.

유신운은 감았던 눈을 떴다.

그러자 방금 전까지 당가의 장원이었던 주변이 전혀 다른 환경으로 바뀌어 있었다.

드넓게 펼쳐진 황무지를 바라보던 유신운의 눈앞에 시스템 메시지가 떠올랐다.

[진법, '낙혼진(落魂陣)'의 공간으로 진입하였습니다.]

[플레이어의 모든 능력치가 크게 저하됩니다.]

[플레이어가 지닌 소환수 중 격이 맞지 않는 소환수는 소

환이 제한될 수 있습니다.]

진법 내에서 소환수의 소환과 힘이 제한된다는 내용이 적혀 있었지만, 유신운은 아무런 반응도 없었다.

'곡옥에 누군가의 힘을 빌릴 수 있는 이능이 숨겨져 있었다니. 그리고 분명히 금오십천이라고 했었지.'

멸절사태가 뇌까렸던 말에 담긴 단서를 되짚느라 머리를 바삐 굴리고 있었기 때문이다.

하지만 그가 그렇게 여유를 부릴 수 있는 시간은 길지 않았다.

콰가가!

드그그!

거친 진동음과 함께 유신운이 서 있던 자리가 미친 듯이 흔들렸다.

'온다!'

콰가가!

그그극!

곧이어 지면이 요동치더니 갑자기 땅속에서 송곳처럼 날카롭고 거대한 암석이 치솟아 올랐다.

타닷!

휘익!

조금만 늦었더라도 유신운의 복부에 커다란 바람구멍이 생겨났을 테지만, 그는 발을 굴러 빠른 속도로 뒤로 물러났다.

콰가가가! 콰가가!

하지만 예의 송곳 암석은 유신운이 움직이는 경로를 따라 계속해서 끈질기게 치솟았다.

'분명히 평범한 어스 스파이크인데…… 이 정도로 스킬의 힘이 강력하게 상향되다니. 진법의 효능이 적의 힘은 낮추고 자신의 힘은 높이는 것인가 보군.'

비뢰신을 전력으로 전개한 유신운이 그렇게 자신을 가둔 진법을 파악하던 찰나.

쐐애액!

촤아아아!

파공성과 함께 무언가가 유신운의 머리를 노리고 날아왔다.

촤아아아! 파즈즈!

피해 낼 수 없는 사각을 노리고 날아왔기에, 유신운이 뇌기를 끌어 올린 삼첨도로 쳐 냈다.

그그그그!

콰가가가!

황색으로 빛나는 검환들이 삼첨도에 격렬히 저항했다.

"흡!"

유신운의 예상보다 삼첨도로 밀려 들어오는 기운이 컸다.

게다가 무슨 이유에선가 삼첨도에 깃든 뇌기가 제대로 힘을 발휘하지 못하고 있었다.

결국 검환에 담긴 힘을 버티지 못하고 유신운의 신형이 치솟아 오른 암석 중 하나에 날아갔다.

쿠우웅! 콰아앙!

거대한 파열음과 함께 산산이 부서진 돌덩이들이 사방에 튀었다. 짙은 모래 먼지가 높게 피어올랐다.

처척.

그런 상황에서 멸절사태가 모습을 드러내었다.

황색의 검환들이 그녀의 검날 위에서 맹렬히 회전하고 있는 가운데, 멸절사태가 목소리를 높였다.

"후회하고 또 후회하거라! 이 모든 게 네놈 스스로 자초한 것이니! 어디 한번 제대로 힘의 격차를 느껴 보거라!"

스아아아!

말이 끝남과 동시에 멸절사태의 전신에서 오염된 마나가 미쳐 날뛰기 시작했다.

그리고 다음 순간.

끄륵! 끄르륵!

유신운이 처박혔던 땅의 모습이 변화하기 시작했다. 단단한 암석지대가 순식간에 늪으로 변하고 있었다.

유신운과의 충돌로 부서진 돌덩이들이 늪 속으로 빠르게 빨려 들어갔다.

'맹독의 늪에 빠져 허우적거려 봐라!'

멸절사태가 비릿하게 입꼬리를 말아 올리던 그때였다.

쐐애액!

서거걱!

"크악!"

소리 없이 날아든 창이 그녀에게 쇄도했다.

아무런 방비도 하지 않고 있던 멸절사태는 다급히 몸을 틀었지만, 결국 창날 끝에 잘린 손가락 하나가 바닥에 툭 떨어졌다.

"크윽! 이, 이 쳐 죽일 놈이!"

겨우 안전거리까지 도망을 친 멸절사태는 피가 솟구치는 자신의 손을 지혈하곤 늪 쪽을 바라보았다.

그러자 소신의가 하반신이 독기 가득한 늪에 잠긴 상태로 자신을 노려보고 있었다.

'아니, 어떻게 내공을 쓸 수 있는 거지? 늪의 극독에 중독된 상태일 터인데?'

맹독의 늪은 자신이 지닌 권능 중 가장 강력한 힘이었다.

당가의 가주인 당소정조차 절대 버티지 못할 것으로 생각되는 능력이 전혀 통하지 않는다니.

그녀의 의문이 계속되던 찰나, 유신운이 아무렇지도 않게 맹독의 늪을 성큼성큼 벗어났다.

'저, 저대로 두어선 안 돼!'

당황한 멸절사태가 또 다른 권능을 발휘했다.

순간 오염된 마나가 그녀의 두 눈에 집중되었다. 두 눈의 흰자위가 노랗게 물들었고 검은자위가 뱀의 그것처럼 세로로 변화하였다.

"크아악!"

이어 날카로운 비명이 터져 나왔다.

한 사람이 자신의 두 눈을 부여잡고 고통에 몸부림치고 있었다.

하지만.

"퉤, 어스 스파이크에 포이즌 스웜프. 그리고 그 옛 같은 뱀 눈깔을 보니 네놈이 누구의 힘을 쓰고 있는지 알겠군."

"크아아악!"

정작 유신운은 너무나 여유로웠다.

신음을 흘리고 있는 것은 다름 아닌 힘을 발휘한 멸절사태였다.

차라리 자신의 두 눈을 뽑고 싶은 듯, 발버둥 치는 멸절사태의 몰골을 비웃으며 유신운이 뇌까렸다.

"메듀사의 석주안(石呪眼)은 상대가 정신 방비가 되어 있으면 본인에게 오롯이 그 고통이 돌아가는데, 몰랐나 보지?"

"끄으윽! 네, 네놈이 감히!"

겨우 눈을 뜬 멸절사태의 눈가에서 피눈물이 줄줄 흐르고 있었다.

"죽여 버리겠다!"

파밧! 타다닷!

일갈과 함께 멸절사태가 유신운에게 달려들었다.

처척.

자신에게 달려드는 멸절사태를 노려보며, 유신운은 삼첨도를 아공간 속에 도로 회수했다.

우우웅!

처척!

그러곤 융독겸을 꺼내 들었다.

"무기가 많아지면 이런 게 좋단 말이지."

파밧!

유신운 또한 적에게 달려들었다.

'적을 상성대로 조질 수 있으니 말이야.'

멸절사태에게서 들끓고 있는 먹음직스러운 독기를 바라보며 융독겸이 기뻐 날뛰고 있었다.

콰가강! 콰가가가!

공간을 접어 달리듯 움직인 두 사람이 격돌했다.

멸절사태의 검과 유신운의 겸에는 모두 강기의 구슬들이 맹렬히 회전하고 있었다.

'크윽! 이놈! 강하다!'

단 일 합을 나누었을 따름이지만, 멸절사태는 상대의 강함이 결코 자신에게 뒤처지지 않음을 깨달았다.

콰가가!

채채챙!

찰나의 순간 동안 수십 차례의 공방이 이어졌다. 평범한 이라면 눈으로 따라가기조차 벅찬 속도였다.

그러나 싸움의 승패는 점차 명확해지고 있었다.

유신운의 몸에는 조금의 생채기도 생기지 않는 반면, 시간이 지날수록 멸절사태는 전신이 피투성이가 되어 가고 있었기 때문이다.

이 순간, 멸절사태의 머릿속은 터질 듯 혼란스러웠다.

'왜, 왜 독기가 먹히지 않는 거지?'

그녀는 검식을 펼치면서 틈틈이 무색무취의 맹독을 상대에게 흩뿌리고 있었다.

분명히 놈의 체내로 흡수되는 것까지 느껴지고 있거늘, 소신의의 움직임은 조금도 무뎌지지 않았다.

"크윽!"

상대의 검에서 흘러 들어오는 무거운 힘에 멸절사태가 검을 쥔 손을 파르르 떨었다.

아니, 오히려 독기가 퍼진 상대는 더욱 힘이 넘쳐 흐르고 있었다.

그때, 멸절사태의 흔들리는 시선이 소신의와 마주쳤다.

잔재주 그만 부리고, 이만 꺼져라.

조롱이 가득한 눈빛으로 소신의는 자신에게 그리 말하고 있었다.

'벌레 같은 놈이 날 그렇게 보지 마라!'

피투성이가 된 채 자신을 한심하게 바라보던 당소정의 눈빛과 지금 소신의의 눈빛이 하나로 합쳐졌다.

'……모든 것을 버리고 얻은 힘이 이 정도밖에 되지 않는다고?'

백도를 걷는 자긍심.

구파일방의 자존심.

힘을 위해 그 모든 것을 버렸다.

자신은 결코 질 수 없었다.

여기서 이따위 녀석에게 꺾일 힘이라면, 자신은 무엇을 위해 그것들을 포기한 것인가.

콰득!

멸절사태가 지혈이 풀려 피가 줄줄 흐르는 손으로 자신의 검을 움켜쥐었다.

'오냐! 내 필생을 연마하여 깨달은 검초(劍招)로 끝내 주마!'

촤라라라!

콰가가가!

멸절사태가 검에 선천지기를 포함한 자신의 모든 기운을 응축시켰다.

그녀는 이 일격에 목숨을 걸었다.

"녹아 없어져라!"

황색의 검환에는 토기(土氣)와 독기가 충만했다.

상대가 아무리 강력한 뇌기를 쏟아 낸다 해도 모두 막아
낼 수 있으리라.

항마난피풍 대구식.
팔식(八式).
천란피풍(天亂披風).

멸절사태의 검에서 수천의 검화가 피어오르기 시작했다.
촤라라라!
순식간에 하늘을 뒤덮은 수천의 검화를 바라보며 유신운
은 융독겸을 쥔 손에 힘을 더욱 불어 넣었다.
보기에는 황홀할 정도로 아름다운 광경이었지만 검화들은
모두 끔찍한 힘을 담고 있었다.
그에 담긴 막대한 내기도 내기였지만, 검화들은 모두 극독
을 머금고 있었다.
꽃잎에 하나라도 스친다면 살갖이 그대로 녹아 없어지리
라.
극에 이른 토기와 독기.
하지만 멸절사태는 전혀 알지 못했다.
유신운의 내부에 그 두 가지를 모두 제압할 힘이 이미 존
재하고 있음을.
우우웅! 우웅!

그때, 융독겸의 겸날에서 암녹빛의 기운이 파도처럼 흘러 넘치기 시작했다.

파바밧! 타앗!

비뢰신을 사용한 유신운이 전광석화처럼 전방으로 달려나 갔다.

단 몇 보 움직인 것 같건만 두 사람 사이의 거리가 확연히 좁혀졌다.

그러자 멸절사태가 쏟아 낸 천란피풍의 검화들이 유신운의 바로 눈앞까지 들이닥쳤다.

쐐애액!

촤아아!

유신운은 조금의 망설임도 없이 융독겸을 그대로 가로 그 었다. 공기가 찢어지는 파공성이 시끄럽게 울려 퍼졌다.

그 모습을 보며 멸절사태가 비릿한 웃음을 지어 보였다.

'멍청한 놈! 최악의 방책을 택하는구나! 그대로 네놈의 겸 까지 모두 녹아 없애 주마!'

그러나 다음 순간.

서거걱!

촤아악!

"......!"

유신운의 겸날이 검화들을 덮치자 그녀의 표정이 순식간 에 볼썽사납게 구겨졌다.

'무, 무슨?'

그녀의 예상과 달리 소신의의 대검은 어떠한 피해도 없었다.

분명히 검화에 적중당했음에도 겸날에 조금의 흠도 생기지 않았다.

'아니, 오히려 기운이 더 강해지고 있어?'

심지어 암녹빛으로 빛나는 기운이 더욱 선명해지고 있었다.

촤아악! 파바밧!

하늘을 뒤덮은 검화들을 베어 넘긴 후, 유신운은 곧장 직선으로 그녀에게 달려들었다.

멸절사태가 당황을 뒤로하고 다급히 머리 위로 제 검을 휘둘렀다.

후우욱!

카가가강!

유신운의 융독겸과 멸절사태의 검이 맞부딪치자, 호수에 물결이 퍼지듯 거대한 충격파가 거칠게 사방으로 퍼져 나갔다.

"크윽!"

대겸에 담긴 거대하다고 표현할 수밖에 없는 가공할 내력에 그녀의 낯빛이 대번에 하얗게 질렸다.

단 일 합의 공방임에도 그녀의 손이 부르르 떨려 왔다.

그녀는 직접 검을 겨루어 보자 소신의가 쏟아 내고 있는 힘의 종류를 알아차릴 수 있었다.

'……뇌기가 아니라 목기(木氣)라고? 이런 말도 안 되는 일이? 어찌 전혀 다른 두 부류의 기운을 동시에 다룰 수 있단 말인가?'

나무는 뿌리를 내려 땅을 파고든다.

목극토(木極土).

나무, 즉 목의 기운은 그녀의 토기와 독기에 가장 치명적인 상성을 지니고 있었다.

'어째 좀 놀랐나 보군.'

그렇게 핏기가 사라진 멸절사태의 표정을 바라보며 유신운이 비웃음을 날렸다.

상대가 자신이 뇌기를 사용하는 모습을 보고 의심스러운 반응을 보일 때부터, 이미 유신운은 '드라이어드 퀸'의 힘을 준비하고 있었다.

[플레이어가 '조화신기'와 소환수 '드라이어드 퀸'의 기운을 융합하는 데 성공하였습니다.]

[숨겨진 시너지 효과를 발견하였습니다.]

[히든 효과가 발휘됩니다.]

[융합된 기운의 속성력이 대폭 강화됩니다.]

무림세가
전생랭커

촤아아!

카카캉!

극한으로 강화된 목기를 담고 있는 용독겸이 멸절사태를 맹렬히 몰아붙이기 시작했다.

"크윽! 큭!"

멸절사태는 제대로 된 반격 한 번 없이 그저 막는 데에만 집중할 따름이었다.

끌어 올린 선천지기가 빠르게 고갈되고 있었음에도 그럴 수밖에 없었다.

'……담천군과 비등한, 아니 그보다 더…….'

무림맹주.

그에게서 느꼈던 압도적인 힘의 격차가 다시 한번 펼쳐지고 있었다.

멸절사태는 결코 믿고 싶지 않았지만, 상대가 자신보다 더 높은 단계에 올라 있음을 깨달았다.

조화경.

자신이 영혼과 긍지를 팔면서까지도 닿지 못한 미지의 경지에 소신의는 이미 발을 담그고 있었던 것이다.

"허억, 헉."

끌어 올린 선천지기가 대부분 소모되자 커다란 반동이 찾아왔다.

멸절사태는 부들부들 몸을 떨며 턱 끝까지 차오른 거친 숨을 토해 냈다.

처척.

그 모습을 조용히 지켜보던 유신운이 융독겸을 도로 회수
했다.

이미 승패가 정해졌음을 알아차린 그였다.

'이, 이놈이 감히!'

소신의가 병기를 회수하자 멸절사태가 모욕감에 빠득 이
를 갈았다.

따닥.

그러나 유신운은 그런 멸절사태는 철저히 무시하고 가볍
게 손가락을 튀겼다.

촤아아! 촤아악!

대지가 요동치더니 땅속에서 수많은 나무줄기가 솟구쳤
다.

"크윽! 놔라!"

조화신기가 담긴 나무줄기는 사슬처럼 움직이며 멸절사태
의 사지를 단단히 붙들었다.

멸절사태가 벗어나기 위해 몸부림을 쳤지만 나무줄기는
미동조차 하지 않았다.

신에게 바치는 제물처럼 붙들린 멸절사태는 핏줄이 서린
두 눈으로 유신운을 노려보았다.

그런 멸절사태에게 유신운이 면전에 모욕을 쏟아 냈다.

"쯔쯔, 오로지 당소정을 꺾을 힘만 생각하고 메두사의 힘을 고른 건가? 영혼을 팔고 택한 거라면 자신에게 걸맞은 힘을 골랐어야지. 한심하기 짝이 없군."

"닥쳐라! 네놈이! 네놈이 뭘 안다고 지껄이느냐!"

메두사의 힘은 아미파의 무공들과 전혀 어울리지 않았다.

오히려 수하들이 택한 라미아의 수기가 알맞다고 할 수 있었다.

그런데도 멸절사태가 메두사의 권능을 택한 것은 그가 말한 대로 오로지 당소정 때문이었다. 메두사의 토기와 독기는 당소정을 찍어 누리기에 가장 적합한 힘이었으니까.

평생을 당소정에게 뒤처지며 온갖 비교를 받았던 그녀의 선택이었다.

유신운이 결박된 멸절사태를 향해 성큼성큼 걸어가며 입을 열었다.

"뭐, 그래도 나한테는 좋은 일이니 잘 받아 가도록 하지."

"……뭐?"

유신운의 의미를 알 수 없는 말에 갑자기 멸절사태는 등줄기로 소름이 끼쳤다.

스아아!

촤아아!

유신운이 그녀의 체내에 남은 토기를 모두 흡수하기 위해 진광라흡원진공을 끌어 올렸다.

슬며시 뻗은 유신운의 손에 흉험하기 짝이 없는 기운이 미친 듯이 요동치기 시작했다.

　　"머, 멈춰라! 네, 네놈! 무슨 짓을 하려는 거냐!"

　　멸절사태가 식겁하며 발버둥 치던 그때.

　　'……이건?'

　　유신운이 갑자기 하던 동작을 멈췄다.

　　[수중의 '?의 알'이 적의 기운에 광분합니다.]
　　[수중의 '?의 알'이 적의 기운을 탐합니다.]

　　갑자기 유신운의 눈앞에 일련의 시스템 메시지가 떠올랐기 때문이었다.

　　유신운은 고개를 갸웃하며 기억을 되짚었다.

　　'……?의 알이라면 분명히.'

　　가루라를 해치우고 손에 넣었던 의문의 알이었다.

　　유신운이 즉시 간이 아공간에서 물건을 꺼내 들었다.

　　우웅! 우우웅!

　　역시나 '?의 알'이 요란스럽게 진동하고 있었다.

　　그 모습을 보며 유신운은 한 가지 사실을 깨달았다.

　　'혹시나 했는데 안에 무언가가 잠들어 있었군.'

　　알이라는 이름에 지금껏 의심을 품고 있었는데, 알의 내부에 정체를 알 수 없는 생명체가 잠들어 있었던 것이다.

우우웅!

알은 계속해서 진동했다.

시스템 메시지의 내용처럼 멸절사태의 힘을 탐하고 있는 것이리라.

그 모습을 보며 유신운은 잠시 고민하다가 이내 결론을 내렸다.

'안에 어떤 괴물이 있을지 모르겠지만, 분명히 훗날의 싸움에 분명히 도움이 될 거야.'

알에게 기운을 흡수시키자고 결정을 내린 유신운은 알을 들고 멸절사태에게 천천히 다가섰다.

스와아!

콰아아!

그러자 알이 흉험한 빛을 내며 멸절사태의 토기를 모조리 빨아들이기 시작했다.

"크아악!"

멸절사태가 얼굴을 구기며 고통에 찬 신음을 토해 냈다.

진광라흡원진공의 흡수 과정이 선녀로 보일 정도로 알은 상대의 기운을 무자비하게 약탈하고 있었다.

"제, 제발! 끄윽!"

멸절사태가 눈을 까뒤집을 정도로 고통스러워했지만 유신운은 멈추지 않았다.

'아직 멀었다.'

유신운은 멸절사태가 당가의 아이들에게 저지른 일을 잊지 않고 있었다.

북해의 빙설처럼 차가운 얼굴로 그는 과정을 천천히 기다릴 뿐이었다.

그렇게 잠시 후.

['?의 알'이 적의 모든 기운을 흡수하는 데 성공했습니다.]
[배가 부른 '?의 알'이 다시 잠이 들었습니다.]

유신운의 눈앞에 다시금 시스템 메시지가 떠올랐다.

'흠, 완전히 알에서 깨어나기에는 아직 양분이 모자란 건가.'

그렇게 결론을 내린 유신운은 의문의 알을 다시금 간이 아공간에 넣었다.

그러곤 천천히 멸절사태에게 다가서자 그녀가 파랗게 변한 입술로 말을 꺼냈다.

"제……발 죽……여 줘."

죽음보다 더한 고통에 멸절사태는 정신이 반쯤 나가 있었다.

하지만 안타깝게도 유신운은 그녀에게 안식을 내어줄 생각이 전혀 없었다.

"그렇게는 안 되지. 아직 네가 해 줘야 할 역할이 남아 있거든."

지옥의 수문장처럼 미소 짓는 유신운을 바라보며 멸절사
태의 두 동공에는 끔찍한 절망만 남았다.

스아아!

"절대 복종."

유신운의 새로운 스킬이 시전되었고.

"끄, 끄그! 끄아아!"

멸절사태가 다시금 고통에 찬 신음을 쏟아 내기 시작했다.

사천당가의 장원 앞에 창으로 무장한 수많은 이들이 진을
치고 있었다.

그들의 정체는 다름 아닌 성도의 관군이었다.

"정문 앞에 설치된 함정을 모두 해체했습니다."

"명령만 내리시면 이제 내부 상황에 우리 또한 개입할 수
있습니다."

그때, 바삐 움직이던 수하들이 지휘관에게 말을 꺼냈다.

그들의 말에 지휘관의 표정이 사뭇 진지해졌다.

'흐음, 무언가 이상해. 본래 계획대로라면 벌써 승전보가
들려야 하건만…… 설마 아미가 일을 실패한 건가?'

그랬다. 지휘관을 포함한 모든 관군은 혈교의 세력이었다.

혹시 모를 외부의 개입을 막기 위해 사전에 관군을 준비해
둔 것이었다.

'일단 내부의 상황을 파악해야겠군. 만일 실패한 것이라면 빠르게 본단에 알려야 한다.'

지휘관은 무언가 계획이 어그러진 징조를 느끼고는 개입하기로 결정했다.

"문을 열……!"

그렇게 사천당가의 정문을 강제로 개방하려 하던 그때였다.

끼이익!

갑자기 굳게 닫혀 있던 문이 스스로 열렸다.

'……저들은?'

그리고 모습을 드러낸 이들은 당하준을 비롯한 삼각의 각주들이었다.

그들의 옷에는 지난 혈투의 흔적이 그대로 남아 있었다.

'흐음, 저자들은 사전에 포섭되었다던…….'

가주인 당소정이 아닌 포섭된 이들이 모습을 드러낸 것에 지휘관의 표정이 살짝 밝아졌지만, 그는 긴장을 거두지 않았다. 아직 의심을 거둘 때가 아니었다.

그때, 당하준이 슬며시 말을 꺼냈다.

"……관에서 이곳에는 무슨 일이십니까?"

"당가에서 연이은 폭음과 비명을 들렸다는 신고로 찾아왔습니다."

지휘관의 말에 당하준이 굳은 표정으로 말을 이어 나갔다.

"아아, 걱정하지 않으셔도 됩니다. 가문의 훈련 중 실수로 대규모 폭발이 있었습니다."

"……이런 인명 피해도 있습니까?"

"……그것까지는 말씀을 드릴 순 없겠군요."

지휘관의 말에 당하준이 입을 꾹 닫았다.

"가문 내부의 일에 왈가왈부할 순 없지만, 간단히 확인만 하고 돌아가겠습니다."

"……그건 허락할 수 없겠군요."

싸늘한 침묵이 이어졌다.

관군들이 내기를 끌어 올리기 시작했다.

'무언가 이상하다. 무력을 써서라도 진입한다.'

지휘관이 수하들에게 명령을 내리려던 찰나였다.

"이게 대체 무슨 일이죠?"

멸절사태가 당황한 표정으로 정문 바깥에 모습을 드러내었다.

'……대계가 실패한 것이 아니었던 건가?'

느닷없이 등장한 멸절사태의 모습에 당장에라도 내부로 진격하려던 지휘관은 당황할 수밖에 없었다.

하지만 곧 제정신을 차리고 게슴츠레하게 뜬 눈으로 멸절사태를 자세히 살펴보았다.

흙먼지로 범벅이 된 옷에는 지울 수 없는 핏자국과 칼날에 베인 흔적이 남아 있었다.

전투의 흔적이 그대로 남아 있는 모습이었다.

"왜 나오셨습니까. 저희가 해결하고 돌아가려 했습니다."

그런데 그때, 당하준을 비롯한 삼각의 각주가 마치 자신의 가주에게 행하는 것처럼 멸절사태에게 예를 갖추었다.

'……저건 주종 관계에서나 보이는 예의거늘.'

그 모습을 보며 지휘관의 딱딱히 굳었던 얼굴이 조금이나마 풀리려 하고 있었다.

"점차 소란이 커지는 것 같아 나와 보았습니다. 한데……."

순간, 당하준을 바라보던 멸절사태의 시선이 지휘관에게로 향하였다.

"관부에서 어찌 무림의 일에 관여하려 하시는 건지요?"

말을 꺼낸 멸절사태의 눈빛은 싸늘하기 그지없었다.

'흐음.'

지휘관은 그 얼음장 같은 눈빛을 그대로 받아 내며, 머릿속으로 현재 멸절사태의 행동의 원인을 두 가지로 압축했다.

첫 번째는 주위에 보는 시선이 많기에 의심을 없애기 위한 연기.

그리고 두 번째는.

'……혹 정신을 제압당한 건 아니겠지?'

멸절사태가 혹시 모를 적군의 사술에 사로잡혀 있다는 것이었다.

첫 번째라면 몰라도 두 번째의 이유라면 결코 그냥 넘어갈 수 없었다.

　지휘관이 잔뜩 긴장한 그때였다.

　―모든 것은.

　그의 머릿속에 누군가의 목소리가 울려 퍼졌다.

　'휴우, 연기였군.'

　다름 아닌 멸절사태가 그에게 전음을 보내온 것이었다.

　―붉은 하늘의 뜻대로.

　그에 지휘관이 주변에는 티가 나지 않게 안도의 한숨을 내쉬며, 답언을 보냈다.

　―대체 어떻게 된 겁니까?

　혈교인들끼리 서로의 정체를 증명하는 문장을 완성한 후, 지휘관은 곧장 작금의 상황이 어떻게 된 일인지 캐묻기 시작했다.

　―후, 미안하게 되었군. 당가의 저항이 생각보다 더 거셌다.

　―……그럼 아직 문제가 해결되지 않은 것입니까?

　―아니, 소요가 생각보다 길어졌지만 모든 것은 그분의 계획대로 되었다.

　―예? 그렇다면?

　―그래. 이제 사천당가는 교의 수중에 떨어졌다.

　―오오!

　사천당가를 장악했다는 멸절사태의 말에 지휘관은 속으로 탄성을 내질렀다.

여태껏 사파련의 행사를 지독히 방해했던 두 세력, 사천당가와 청성파. 그중에 한 곳을 완벽히 손에 넣었기 때문이었다.

–그럼 이제 남은 것은 청성뿐이군요.

–그래. 남은 시일 동안 그곳만 정리하면 사파련의 군세가 사천성을 넘어 강남의 모든 곳을 짓밟을 수 있을 테지.

–분명히 그리될 것입니다! 혈교 천세!

그렇게 두 사람은 은밀한 대화가 끝이 나자, 다시금 연기를 시작했다.

"가문의 훈련 중 실수로 인해 대규모 폭발이 있었을 뿐입니다. 관에서 참견할 정도의 일은 아니니, 이쯤에서 물러나 주시지요."

"크흠, 아미의 문주께서 그렇게까지 말씀을 하신다면 따를 수밖에 없군요. 하지만 사안이 사안인 만큼 인명피해가 있다면 관부에 설명을 해야 할 것입니다."

"……지금 당장은 말씀을 드릴 순 없겠지만, 상황이 진정이 되면 그리하겠습니다."

"후, 가문 내부의 일에 왈가왈부할 순 없지요. 알겠습니다. 그럼 저희는 이만 물러가겠소이다."

관과 무림 간의 갈등이 일단락되는 모습을 구경꾼들에게 보여 준 후.

"돌아간다!"

지휘관은 병력을 이끌고 돌아갔다.

그에 소란에 구름 떼처럼 모였던 구경꾼들도 순식간에 뿔뿔이 흩어졌다.

'후우, 정말 갔군.'

관부의 병사들이 시야 너머로 완전히 사라진 것을 확인하자, 당하준이 안도의 한숨을 내쉬었다.

긴장으로 인해 다리가 다 후들거릴 정도였다.

긴장이 풀리자 쏟아지는 피로감에 당장이라도 쓰러질 것 같았지만, 그는 흔들리는 정신을 붙잡았다.

자신의 바로 옆에 가문의 모든 사달을 일으킨 흉적이 자리하고 있었기 때문이었다.

'……한데 이자를 어떻게?'

그러나 멸절사태는 관부의 병력이 사라짐과 동시에 눈빛에 총기가 완전히 사라져 있었다.

마치 영혼이 없는 인형과 같은 모습이었다.

'이 모든 의문은 그만이 풀어 줄 수 있겠지.'

당하준이 정문을 굳게 걸어 잠근 후, 멸절사태를 데리고 안쪽으로 이동했다.

"부상자들은 모두 이쪽으로 와라."

그러자 그곳에는 지난 전투의 여파로 크고 작은 상처를 입은 가솔들을 소신의가 전부 치료해 주고 있었다.

'……도대체 몇 수 앞을 바라보는 것인가.'

그 모습을 멍하니 바라보며 당하준은 잠시 전에 있었던 일을 되짚어 보기 시작했다.

　멸절사태가 펼친 미상의 진법이 사라지자, 소신의가 멸절
사태를 완벽히 제압한 상태로 등장했다.

　-도주의 우려가 있다! 문주를 제압하라!
　-멈춰라.

　그들은 당장 멸절사태를 제압하려 했지만, 소신의가 그들
을 말렸다.
　그는 자신이 멸절사태를 완전히 정신적으로 장악했음을
설명한 후, 당하준을 비롯한 각주에게 명령을 하달했다.

　-지금 자세히 설명을 할 시간이 없다. 곧 적들의 원군이
몰려올 거다.
　-지금부터 내가 시키는 대로만 해라.

　그리고 모든 일이 그가 예견한 대로 이루어졌고, 또한 그
가 시키는 대로 하자 모든 일이 해결되었다.
　신의 경지에 이른 것은 의술과 무공뿐만이 아니었다.
　모든 사안을 꿰뚫어 보는 혜안(慧眼)마저 인외의 경지에
올라 있었다.
　소신의를 경외의 눈빛으로 바라보던 당하준이 그에게 천

천히 다가섰다.

"……소신의님. 가주님은 어떻게?"

그는 까맣게 죽은 얼굴로 힘겹게 말을 꺼냈다.

곁에 있던 삼각의 각주들 또한 표정이 동일했다.

사술에 걸렸다고는 하나, 가주를 그렇게 만든 것이 본인들이었으니 어쩔 수 없었다.

그런 그들을 무표정한 얼굴로 바라보던 유신운이 대답했다.

"두 시진 정도 남았다."

"……치, 치료가 불가능한 겁니까?"

소신의의 말에 세 사람의 동공이 지진이라도 난 듯이 흔들렸다.

두 시진 남았다는 그의 말이 가주에게 남은 삶의 시한을 말하는 것 같았기 때문이었다.

하지만 그런 그들의 호들갑에 유신운이 제 미간을 찌푸렸다.

그의 표정에서 '바빠 죽겠는데 귀찮게 하네' 하는 감정이 그대로 전달되고 있었다.

"완전히 회복되는 데 두 시진 정도 걸릴 것 같단 말이다."

"……!"

소신의의 말에 그들은 십년감수한 듯 놀란 가슴을 쓸어내렸다.

그리고 동시에 다시 한번 눈앞의 존재에 대한 경외심이 차올랐다.

　그렇게나 심각한 내상과 외상을 입었던 이를 이 짧은 시간 동안 완벽히 치료해 내다니.

　그의 별호에서 한 글자를 떼야 할 것 같았다.

　소(小)를 뗀 신의(神醫)로 말이다.

　"이쪽은 얼추 끝난 것 같으니, 이제 아이들을 보러 가겠다. 안내해라."

　하지만 정작 당사자인 유신운은 다음 환자를 찾을 뿐이었다.

　유신운이 말했던 두 시진이 흐른 후.

　당소정은 자신의 처소에서 침상에 허리를 펴고 앉아 있었다.

　부가주인 당견과 당소해가 그런 그녀를 곁에서 보필하고 있었다.

　하지만 그녀의 처소에는 그들뿐만이 있는 것이 아니었다.

　"죽여 주십시오."

　"크흑, 죽여 주십시오. 가주."

　당하준을 비롯한 삼각의 각주가 바닥에 무릎을 꿇은 채,

머리를 굽히고 있었다.

그리고 처소 바깥에는 멸절사태에게 제압당했던 일반 무인들 또한 하나도 빠짐없이 모두 무릎을 꿇고 있었다.

"내가 왜 그대들을 죽여야 한단 말인가."

"……저희는, 저희는 눈이 멀어 가문의 주인을 죽이려 한 죄인들입니다."

"크흑, 죽여 주십시오."

말을 마친 당하준을 비롯한 각주들의 눈가에서 비통함을 담은 눈물이 흘러내렸다.

바깥도 같은 상황인지 서글픈 울음이 퍼져 나가고 있었다.

그 모습을 조용히 지켜보던 당소정이 침상에서 제 몸을 일으켰다.

아직 몸이 완전히 회복된 것이 아니었기에, 그녀가 비틀거렸다.

"가주! 절대 안정하셔야 합니다!"

"어머님!"

당견과 당소해가 급히 다가와 그녀를 부축하려 했지만, 당소정은 그런 그들을 뿌리치고 무릎을 꿇은 세 사람에게 다가갔다.

그러곤 몸을 낮춰 세 사람을 꼭 껴안으며 나직하게 말을 꺼냈다.

"아니네. 그대들은 결코 죄인이 아니네. 다 부족한 내 탓일세.”

“크흑! 가주.”

“죄송합니다. 죄송합니다.”

그동안 쌓였던 모든 감정의 응어리가 해소되고 있었다.

모든 당가의 무인들이 진정으로 하나가 되고 있었다.

점차 모두 진정이 되고 난 뒤, 당소정이 비틀거리며 다시
금 몸을 일으켰다.

그러곤 모든 광경을 조용히 지켜보고 있던 소신의를 바라
보며 입을 열었다.

“소신의, 아니 귀면랑. 이제 우리에게 진실을 말해 주시
오.”

자신들을 습격한 배후, 혈교에 대한 진실.

그리고 자신의 정체에 대한 진실.

당소정은 그 두 가지를 묻고 있었다.

‘……흐음, 어느 정도까지 말을 해 주어야 할까.’

유신운은 잠시간 고민했다.

이곳에는 당소정뿐 아니라, 모든 당가의 식솔들이 모여 있
었기 때문이었다.

그러기를 잠시. 마침내 유신운이 닫혀 있던 입을 열었다.

“당가를 습격하고 아미를 좀먹은 암중 세력의 이름은 혈
교. 그들은 무림맹의 절반 그리고 현 사파련의 모든 것을 장
악하고 있다.”

"……!"

유신운은 혈교에 관련한 것은 모두 말을 해 주기로 결정했다.

사파련과의 전쟁이 며칠 안으로 다가온 상황에서 자신들이 누구와 그리고 어떤 흉악한 목적을 지닌 적과 싸우는지는 알아야 한다 결론을 내렸기 때문이었다.

소신의가 혈교에 대해 하나하나 말을 꺼낼수록 당소정을 비롯한 모든 당가의 무인들의 얼굴에 경악의 빛이 떠올랐다.

"그들의 정체를 알아낸 후, 나와 내 후원자는 함께 싸움을 이어 갔다. 하지만 시간이 흐를수록 점차 한계가 다가오고 있음을 직감했지. 그들은 너무나 오랜 세월을 투자해 무림 전역에 뿌리를 내리고 있었으니까."

"……그래서 신투 사건 때 우리에게 진실을 넌지시 알려 준 것이군. 혈교에 대항하기 위해선 우리도 힘을 모아야 하기에."

유신운은 고개를 끄덕였다.

"소림과 무당 그리고 남궁과 당가. 혈교가 감히 손을 뻗지 못한 네 곳의 힘을 모아야 했다."

유신운의 말에 당가 무인들이 탄식을 흘렸다.

그제야 당소정이 지금껏 홀로 어떤 싸움을 하고 있었는지 깨달았기 때문이었다.

그러던 그때, 당소정이 유신운을 지그시 바라보았다.

─……이야기를 들어 보니 자네의 후원자라는 이가 누구인지 짐작할 수 있겠군.

그리고 곧 전음이 전해졌다.

─그대의 후원자는 백운세가의 주인, 유신운이 맞는가?

그녀의 추론은 어렵지 않았다.

여태껏 모든 혈교의 암계를 막아 내고, 사파련의 군세까지 꺾은 것은 그밖에 없었으니까.

유신운은 잠시 고민하다가 긍정의 의미로 작게 고개를 끄덕였다.

─……그 어린 아해에게 백도 무림이 큰 빚을 지고 있었군.

당소정은 떨려 오는 눈을 질끈 감으며 진심으로 감사를 표했다.

하지만 그것도 잠시.

"모두 듣거라!"

다시금 눈을 뜬 그녀는 어느새 사천성의 패주(霸主), 사천 당가의 가주의 모습으로 돌아와 있었다.

그녀의 눈에 감히 자신들을 공격한 혈교에 대한 분노와 바름을 세우려는 백도(白道)의 긍지가 깃들어 있었다.

"가주의 명으로 너희들의 모든 행동을 용서하겠다! 오늘의 일로 우리 당가는 더욱 하나가 될 것이며, 감히 가문을 건드린 흉적에게 응분의 대가를 치르게 할 것이다! 알겠는가!"

"존명!"

"존명!"

당소정의 말에 삼각의 각주를 포함한 모든 당가의 식솔들이 소리쳤다.

그들의 눈동자에 당소정을 향한 감사와 혈교를 향한 복수심이 함께 불타오르고 있었다.

한데 그때였다.

처척.

"……!"

"……가, 가주!"

믿을 수 없는 일이 발생했다.

유신운의 눈이 커다랗게 떠졌다.

그뿐만 아니라 다른 당가의 무인들도 경악을 금치 못했다.

죽을지언정 그 누구에게도 꺾지 않는다는 당가의 가주가 무릎을 꿇어 소신의에게 예를 갖추고 있었다.

"사천당가의 피를 걸고 맹세하겠소. 그대가 어떤 명을 내리든 나는 그대를 따를 것이오."

'이건……'

전혀 예상치 못한 일에 유신운조차 당황하고 있었다.

하지만 그것이 끝이 아니었다.

처척!

처처척!

그녀의 선언에 자리하던 당가의 무인들마저 소신의에게

극진한 예를 갖추기 시작한 것이다.

"저희 또한!"

"모든 일에 목숨을 걸 것입니다!"

그렇게 유신운은 사파련과의 전쟁에 앞서 최강의 우군을 손에 넣었다.

2장

"……정말로 여태껏 방에서 한 번도 나오지 않았단 말이냐?"

"예. 지난 이틀 동안 소피 누러 측간에도 한 번 가지 않았습니다."

흑시의 단주 양인홍의 물음에 황유신의 문 앞을 지키던 무사가 고개를 끄덕이며 대답했다.

"크음."

굳게 닫힌 문을 보며 양인홍이 작게 신음을 흘렸다. 그는 한눈에 보아도 생각이 많아 보이는 표정이었다.

'……설마 이놈 누가 돈을 훔쳐 갈 거라는 공포심에 몸에 이상이라도 생긴 건 아니겠지?'

이제 곧 투기전이 끝나고 경매전이 진행되는 시간이었다.

그 말인즉, 황유신이 도괴 도진욱이 주최하는 도박판에 참여할 순간도 다가왔다는 이야기였다.

'놈이 몸이 안 좋다는 핑계로 호철당으로 돌아가기라도 하면 큰일인데.'

호철당은 전쟁을 앞둔 현시점에서 포기할 수 없는 너무나 군침이 도는 먹잇감이었다.

"소당주님, 혹시 기침하셨는지요?"

걱정이 든 양인홍이 슬며시 말을 꺼냈지만, 방 안에서는 아무런 반응도 오지 않았다.

'안 되겠군.'

혹시 모를 불상사를 대비하기 위해 그가 무사들을 시켜 억지로라도 문을 열어 보려던 그때였다

덜컥.

"엇!"

느닷없이 황유신의 방문이 활짝 열렸다.

방 안에서 퍼져 오는 퀴퀴한 냄새와 함께 눈 아랫부분이 거무스름하게 그늘져 있는 황유신이 모습을 드러냈다.

그동안 한숨도 자지 못한 것인지 그의 전신에서 찌든 피곤함과 졸림이 보이고 있었다.

"……양 단주가 여긴 무슨 일이지?"

황유신은 눈을 마주친 양인홍을 게슴츠레하게 바라보며

말을 꺼냈다.

"소, 소당주님께서 혹여 경매전에 늦으실까 찾아뵈러 왔습니다."

"……어련히 알아서 할까. 과도한 친절은 부담이 될 뿐이다."

황유신은 전표가 든 주머니를 슬그머니 뒤로 숨기며 말을 했다.

'흐음, 별 이상은 없는 것 같으니 계획대로 진행하면 되겠군.'

그 모습을 보며 괜한 걱정을 했다고 생각한 양인홍이 표정 관리하며 말을 꺼냈다.

"하, 하하, 제가 괜한 짓을 했군요. 나오신 것을 확인했으니, 그럼 저는 이만 물러나 보겠습니다."

양인홍이 가볍게 목례를 한 후 방 앞을 지키던 흑시 무사들을 데리고 사라졌다.

놈이 완전히 사라진 것을 확인하고 난 후 유신운이 안도의 한숨을 내쉬었다.

'후, 하마터면 늦을 뻔했군.'

당가에서의 일을 모두 마무리한 후, 흑시의 결계로 진입하자마자 느닷없이 방 안에 설치해 두었던 경보 스킬이 미친 듯이 울리기 시작했다.

위기를 인식한 그가 전력을 다해 진법을 주파하고 신속히 방 안으로 이동해 변장까지 마치고 나온 것이었다.

'계획을 당소정에게 모두 설명해 놓았으니, 그쪽은 알아서 잘하고 있을 테고.'

당가를 떠나기 전, 당소정에게 자신의 계획을 상세히 설명하고 이제부터 어떻게 해야 하는지 명령을 해 두었기에 그쪽에 대한 걱정은 사라진 상태였다.

이제 사파련의 준동 시점만 파악한 후, 당가에 신호를 보내면 모든 일은 자신의 계획대로 이루어지리라.

'이제 이곳만 해결하면 되겠군.'

그렇게 생각하며 유신운은 투기전이 벌어졌던 곳까지 걸어 나갔다.

투기전이 끝나기는 끝났는지 도박판이 모두 정리가 되어 있었다.

그 광경을 보자 머릿속으로 도괴 도진욱이 했던 말이 떠올랐다.

─이틀 후, 투기전의 마지막 밤. 칠각전으로 찾아오시오.

'한데 칠각전은 어디지?'

유신운이 전각을 빠져나와 장원을 둘러 보기 시작했다.

한데 아무리 찾아보아도 칠각전이란 명패를 단 전각은 보이지 않았다.

'이게 무슨?'

그렇게 유신운이 고개를 갸웃하던 찰나였다.

"황 공자님."

"으응?"

갑작스레 들려온 목소리에 유신운이 시선을 돌리자 웬 어린 하인이 그를 지그시 바라보고 있었다.

"도 대인께서 보내서 왔습니다. 따라오시지요."

한마디를 뱉은 후 아이는 제멋대로 발걸음을 옮기기 시작했다.

"자, 잠깐 기다려라!"

유신운은 당황한 모습을 연기하며 녀석에게 바싹 따라붙었다.

아이는 장원의 정문 밖으로 향했다.

방금까지도 아무도 밖으로 나갈 수 없게 길을 막았던 수문 무사들이 아이를 보고는 쉽게 길을 비켜 주었다.

"여, 여기는 위험한 진법이 깔려 있지 않더냐. 어찌할 셈이냐."

"……제가 밟은 곳을 그대로 밟으시면 됩니다."

유신운이 겁을 먹은 척 연기하자, 동자 하인이 한심하다는 듯한 눈빛을 잠깐 보이다가 말을 꺼냈다.

그 후 유신운은 완벽한 연기를 위해 일부러 진법을 잘못 밟아 가며, 족히 2시진은 소란을 피우고 겨우 도착 지점에 발을 디뎠다.

'여기가 진짜였군.'

진법으로 꼭꼭 숨겨 놓았던 또 다른 장소가 모습을 드러내었다.

투기전이 치러지던 곳보다 두 배는 클법한 전각이었다.

칠각전(七角殿).

도진욱이 말했던 이름의 명패가 걸려 있었다.

"……후욱, 후. 이제 저곳으로 들어가시면 됩니다."

안내한 동자 하인이 기진맥진한 채 말을 마치곤 사라졌다.

유신운은 피식 웃으며 내부로 걸어 들어갔다.

그런데 무슨 이유에서인가 안쪽이 매우 소란스러웠다.

"아니, 도대체 언제까지 나를 이곳에 서서 기다리게 할 셈이냐!"

"잠시만 기다려 주십시오. 아직 초대받으신 한 분이 도착하지 않으셨습니다. 모든 인원이 도착하고 나서야 입장이 허용됩니다."

"이잇! 이놈들이 감히 내가 누구인지 알고!"

'……뭐지?'

한 남자가 흡사 무사에게 화를 쏟아 내고 있었다.

한데 무언가 남자의 목소리가 이상했다. 분명히 남자의 목소리긴 한데, 억지로 여자를 흉내 내는 듯한 기괴한 목소리였다.

순간 유신운이 모습을 드러내자 모두의 시선이 그에게 향했다.

"아, 마침 오셨군요."

한데 모여 있던 30명 정도의 인물들이 서릿발 같은 눈빛을 쏘아 내었다.

'저자는.'

그중에 유일하게 적의를 담고 있지 않은 자들은 첫날 황유신과 정문에서 마주쳤던 서주안과 주명호뿐이었다.

'저들도 있군.'

유신운 또한 티 나지 않게 그 두 명을 바라보았다.

한데 그때였다.

"뭐야, 저딴 애송이를 여태껏 기다리고 있던 거냐!"

앞서 흑시 무사와 언쟁을 벌이던 기괴한 목소리의 남자가 신경질적으로 소리를 지르더니, 유신운에게 성큼성큼 다가왔다.

관복을 입은 사내는 얼굴에 엷은 화장(化粧)이 되어 있었다.

그 모습을 보자마자 유신운은 놈의 목소리가 왜 그리 이상했는지 그 이유를 알아차렸다.

'환관이군.'

눈앞의 상대는 환관, 즉 황궁에서 일하는 내시였다.

'……평범한 내시는 아니야. 체내의 내공량이 상당해.'

유신운이 순식간에 놈의 무위를 측정했지만, 환관은 조금도 알아차리지 못했다.

'이 시건방진 놈이 감히 날 노려봐?'

유신운이 사과는커녕 적의를 담아 자신을 노려보자, 환관은 살심이 피어올랐다.

"뒤만 따라오면 되는 걸 왜 이리 늦장을 피운 거냐! 네놈 때문에 내가 2시진이 넘게 기다렸지 않느냐!"

"동자 놈이 제대로 안내하지 못한 걸 왜 내 탓을 하는 거지?"

"그걸 지금 말이라고 하는 거냐!"

"흥! 가랑이 사이의 무거운 걸 떼 냈으니, 남들보다 서 있기도 편할 터인데 뭘 그리 쫑알거리는지, 원."

"푸흡!"

유신운의 말에 주변에 있던 사람들이 헛웃음을 터뜨렸다.

"이, 이놈이 감히 내가 누구인지 알고!"

여태껏 그 누구도 이렇게 면전에서 양물이 없는 자신의 치부를 건드린 적이 없었기에, 환관은 당황한 모습을 그대로 내비쳤다.

하지만 그것도 잠시.

'죽여 버리겠다!'

스아아!

화아아!

그의 양손에 지독한 음기가 일렁였다.

환관이 유신운의 목을 노리고 뛰어들려던 그때였다.

-고 첩형(貼刑)! 쓸데없는 소란은 그쯤하고 물러나시오!

그의 머릿속에 누군가의 전음이 울려 퍼졌다.

2층에서 모든 상황을 지켜보고 있던 도괴 도진욱이었다.

-닥쳐라! 감히 도박꾼 나부랭이가 나에게 명령을 하는 거냐!

고 첩형이라 불린 이가 막무가내로 손을 쓰려 하자 도진욱
이 슬며시 말을 꺼냈다.

-놈은 교의 중요한 제물이오. 첩형이 화를 못 참고 날뛰면 곤령주, 아
니 '제독(提督)'께서 가만히 있진 않으실 것 같소만.

도진욱의 입에서 제독이라는 단어가 나오자 고 첩형의 낯
빛이 순식간에 하얗게 질렸다.

그를 떠올리는 것만으로도 뇌리에 새겨진 공포심이 차오
르는 듯했다.

그는 한참을 황유신과 도진욱을 번갈아 바라보다가 빠득
이를 갈며 결국 음기를 진정시켰다.

그 모습을 보며 유신운이 비릿하게 한쪽 입가를 말아 올리
며 놀리듯 말을 꺼냈다.

"흥! 제대로 쓰지 못하는 건 하나뿐이 아닌가 보지?"

또다시 터져 나온 조롱에 고 첩형의 몸이 부르르 떨렸다.

"……네놈! 나중에 보자."

이어 고 첩형은 살기가 가득한 눈빛을 유신운에게 쏘아 내

다가 문이 열린 내부로 들어섰다.

"흥, 나중에 보자는 놈치고 무서운 놈 하나 없더군."

고 첩형의 뒤를 향해 유신운이 끝까지 지지 않고 말을 뇌까렸다.

그 모습을 보며 주변에 있던 이들이 고개를 절레절레 가로 저었다. 그들은 황유신이 소문보다 더 미친 작자라고 단정 지었다.

그러던 그때, 2층에 있던 도진욱이 사람들을 내려다보며 말을 꺼냈다.

"반갑습니다, 여러분. 저는 안내를 맡은 도 장주라고 합니다. 이곳은 흑시의 손님 중에서도 특별한 자격을 갖춘 분들만 초청하는 곳입니다. 이곳에서는 남은 사흘간, 일반 경매전에서는 볼 수 없는 특별한 물건들만을 다루는 특별 경매전과 상상을 초월한 판돈이 오갈 투기전이 열릴 예정입니다. 그럼 부디 즐거운 시간 보내시길 바랍니다."

도진욱은 소개를 마친 후, 마지막으로 유신운을 바라보며 비릿한 미소를 지은 후 사라졌다.

"오전에는 특별 경매전이 치러질 예정입니다. 모두 경매장으로 입장하여 주시길 바랍니다."

흑시 무사가 고 첩형이 들어간 곳으로 다른 이들을 안내했다.

사람들이 빠르게 이동하는 가운데.

─실수하셨어요. 그자는 황궁 동창 소속의 고선(高蟬) 첩형이에요. 앞으로 조심하셔야 할 거예요.

유신운의 귓전에 한줄기 목소리가 울려 퍼졌다.

누구인지 찾을 필요는 없었다.

유신운이 고개를 돌리자 서주안과 눈이 마주쳤기 때문이다.

정보를 주고 그는 아무 일도 없었다는 듯 경매장 안으로 들어서고 있었다.

동창(東廠).

청룡검 유자량이 이끄는 금의위와 함께 황궁의 권력을 반으로 나누는 세력으로, 환관들이 주축이 되는 첩보, 무력 집단이었다.

환관은 황제를 최측근에서 보필하기에 엄청난 권력을 지니고 있었는데, 그 힘을 이용해 오랜 세월 동안 여러 절세 무공들을 수집하여 강력한 힘을 구축하였다.

'제독동창(提督東廠) 아래 두 명의 첩형이 있고, 그 밑에 백 명의 당두(檔頭)가 있다고 했었지.'

그 말인즉, 고선은 동창의 2인자 정도의 위치에 있다는 말이었다.

내궁의 실세와 엮이게 되었으니 걱정할 법도 하건만, 유신운은 동창 따위는 전혀 신경도 쓰지 않고 있었다.

'……뭐지? 분명히 저자는 마교의 일원일 텐데.'

그는 오히려 서주안이 의아했다.

아무런 연도 없는 이에게 호의를 베푸는 마인이라니.

들어 본 적도 없는 상황이기 때문이었다.

'그냥 변덕을 부린 걸까. 아니면…….'

한데 그때였다.

[육혼번이 상대 보패의 저항을 제압하였습니다.]

[파악한 상대의 정보를 확인합니다.]

느닷없이 그의 눈앞에 떠오른 시스템 메시지가 머릿속을
더욱 복잡하게 만들었다.

[서주안]

무골 : 극마지체(極魔之體), 염화지신(炎火之身)

특성 : 천독불침, 염령(炎靈), 청명심(晴明心)…….

무공 : 천마신공(天魔神功), 북명십이검(北明十二劍), 천마군림
보(天魔君臨步), 구천현마절예(九天玄魔絶藝)…….

'……천마신공?'

오로지 천마신교의 교주와 그 후계자만이 익힐 수 있다는
절세신공.

그랬다.

서주안은 천마신교의 소천마(小天魔).

즉 마교의 후계자였다.

'……마교라.'

서주안의 숨겨진 정체를 알게 된 순간, 유신운은 깊은 생각에 잠겼다.

마교.

실질적인 무력으로는 무림맹보다도 더욱 강한 단일 세력으로, 그야말로 최강의 힘을 지닌 단체였다.

그리고 동시에 혈교가 유일하게 내부에 스며들지 못한 세력이기도 했다.

그렇기에 당연히 유신운은 혈교와 싸우기 위해 마교의 힘을 얻고 싶었다.

하지만 지금에 와서는 마교와 협력을 거의 포기한 상태였다.

그 이유는 한 사람에게 있었다.

'이미 나는 천진중과 돌이킬 수 없는 강을 건넜으니까.'

광마(狂魔) 천진중.

현 마교의 부교주이자 오래지 않아 교주의 자리에 오를 인물이었다.

유신운이 무림맹에 심어 두었던 첩자를 척살하자 천진중은 여득구를 포함한 살문을 보냈고, 그때부터 악화일로를 겪었다.

'게다가 손을 잡기에는 천진중은 너무 위험한 자야.'

유신운은 천천히 다른 미래의 기억을 떠올렸다.

혈교가 자신의 정체를 만천하에 드러내고 각지에서 혈란을 벌이기 시작하자, 극렬히 저항하던 무림맹의 잔존 세력은 정파의 자존심을 굽히고 마교에게 손을 뻗었다.

천산에서 문을 굳게 걸어 잠그고 상황을 지켜보기만 하던 천진중은 예상외로 빠르게 공통의 적을 상대하기 위해 동맹을 체결했다.

하지만 얼마 지나지 않아 잔존 세력은 자신들이 잘못된 선택을 했음을 깨달을 수 있었다.

천진중은 겉으로는 동맹 관계를 잘 유지하는 것처럼 행동했지만, 실상은 그들을 이용할 생각밖에 없었다.

마교가 보내 준 지원군은 잔존 세력의 본대가 궤멸할 때까지 제대로 싸우지 않았으며.

그들이 보내 주기로 한 보급 물자는 아사자가 속출할 때까지 출발조차 하지 않았다.

마교는 혈교와의 싸움에서 무림맹의 잔존 세력을 총알받이 정도로 사용했고, 심지어 그들의 시체를 몰래 수거하여 강시 제작의 재료로 사용하기까지 했다.

계속된 천진중의 배신으로 잔존 세력은 가뜩이나 힘겨운 상황에서 최악의 결과를 맞이할 수밖에 없었다.

천진중은 별호처럼 광인(狂人) 그 자체였다.

그러나 천진중의 오로지 한 치 앞만을 내다본 계책은 자신을 향한 칼날로 되돌아왔다.

무림맹의 잔존 세력을 처치한 혈교는 마교를 다음 제물로 삼았기 때문이다.

천진중은 잔존 세력과 겨루는 혈교의 힘을 마교와 비등하게 본 모양이었지만.

혈교의 선봉장이 된 담천군의 손에 천진중의 수급이 들리는 것은 그리 오랜 시간이 소요되지 않았다.

한데 그때, 유신운의 표정에 또 다른 의문이 떠올랐다.

'……그런데 아무리 생각해도 마교 교주에게 저렇게 어린 후계자가 있다는 얘기는 처음 듣는데?'

그랬다. 여태껏 기억을 계속해서 뒤져 보고 있었지만, 그 어디에도 자신과 동년배의 후계자에 대한 정보는 없었다.

'흐음, 천마는 키운 제자들이 전부 주화입마로 죽음을 맞이한 후, 더 이상 제자를 들이지 않았다고 했는데.'

그렇기에 천마의 사후, 부교주였던 천진중이 별다른 반발 없이 교주의 직에 오른 것으로 알고 있었다.

하지만 서주안이 천마신공을 익히고 있다는 것은 유신운에게 두 가지 사실을 말해 주고 있었다.

'천마가 천진중에게 들키지 않게 비밀리에 후계자를 키웠다는 것. 하지만 결국 천진중에 의해 서주안이 어떤 흔적도 남지 않게 제거당했다는 것이겠지.'

유신운은 서주안에게 남은 생이 그리 길지 않음을 깨달았다.

　―……쿨럭, 전대 마교주가 살아 있었다면 조금은 상황이 달라질 수 있었을 것을.

불현듯 또 다른 미래에서 혈교에게 당한 소림의 육망선사가 죽음을 맞이하면서 남겼던 유언이 떠올랐다.

천마(天魔) 천비광(天飛廣).

담천군과 우열을 가릴 수 없다고 평가되었던 그는 혈교의 겁란이 터지기 전에 이미 천수를 다하여 죽음을 맞이하였다.

그의 나이가 아흔에 달했었으니 수명을 다했다고 해도 이상할 것은 없었다.

'……부교주가 호시탐탐 권좌를 노리는 이런 시점에 흑시에 왔다는 건 분명히 무언가가 필요하다는 것일 터.'

머릿속이 점점 복잡해지고 있었다.

한데 그때였다.

"소당주께서는 입실하지 않으시는지요?"

갑자기 자리에 우두커니 서서 생각에 잠긴 유신운을 흑시 무사 하나가 이상하게 바라보고 있었다.

'……흠, 일단 상황을 지켜본 뒤 결정을 내려야겠군.'

더 시간을 지체했다가는 괜한 의심을 살 수 있기에 유신운은 황유신의 모습으로 돌아갔다.

"안 그래도 지금 들어가려 했다. 퉤, 재수 없는 내시 놈 때문에 기분만 잡쳤군."

유신운은 바닥에 침을 뱉으며 마지막으로 특별 경매장의 안으로 들어섰다.

"금자 30냥."

"이잇! 금자 35냥!"

"금자 40냥!"

"예, 금자 40냥 나왔습니다! 더 높은 가격을 부르실 분 없으십니까?"

늦게 들어선 탓에 이미 경매는 진행이 되고 있었다.

특별 경매전은 여러 주제에 따라 연이어 물건이 나오는 듯했는데, 첫 번째는 다름 아닌 무공 비급이었다.

"그럼 더 이상의 참가 의사가 없는 것으로 보겠습니다! 자, 종남파의 태을신공(太乙神功)은 3번 분에게 낙찰되었습니다!"

"좋았어!"

놀랍게도 유신운이 상대했던 종남파의 문주 담풍이 사용했던 태을신공이 경매 물건으로 나와 있었다.

유신운은 흥분에 가득 차 있는 실내에서 곧 자신의 이름이 적힌 자리를 찾아 착석했다.

'번호로 호명하나 보군.'

화려하게 장식된 탁자 위에 십육(十六)이라 적힌 번호표가 올려져 있었다.

이후 수많은 비급들이 경매 물건으로 나오기 시작했다.

하나같이 정사마(正邪魔)를 가리지 않고 절세고수라 칭해졌던 이들의 독문무공이었다.

공통점이라면 그 주인들이 모두 의문의 죽음을 맞이하거나, 실종을 당하여 모습을 감추었다는 것이다.

'뻔하지.'

분명히 혈교가 수많은 혈사를 만들어 내며 약탈한 물건들일 터였다.

유신운은 비급 경매에는 참여하지 않았다.

저들에게나 절세무공이지, 그가 현재 지닌 무공들보다 수준이 매우 떨어졌기 때문이다.

흥미가 사라진 유신운은 조용히 주변을 훑으며 한 사람을 찾아냈다.

'……3번인가.'

서주안은 그와 멀찍이 떨어진 곳에 자리하고 있었다.

보이는 모습이 그와 주명호는 아무래도 비급에는 아무런 관심이 없는 것 같았다.

경매는 빠르게 흘러갔다.

"자, 그럼 비급 류의 마지막 물건을 보시겠습니다!"

사회자의 말과 함께 한눈에도 오래된 듯한 고서 하나가 들려 나왔다.

'으응?'

한데 무슨 이유에선가 그 고서를 바라보는 유신운의 눈에 처음으로 이채가 떠올랐다.

'……고서에서 알 수 없는 기운이 흘러나오고 있잖아?'

무골이 향상되며 얻은 천선안(天仙眼)을 통해 고서에서 생전 처음 보는 기운이 흘러나오고 있는 것을 발견했기 때문이다.

유신운이 고서의 정체를 골몰히 짐작해 보던 그때, 사회자의 말이 이어졌다.

"다음 물건은 미지의 비서입니다. 고대 문자로 적힌 탓에 내용의 해석은 사전에 어떤 학사도 불가능했지만, 수집품의 영역으로 보면 충분히 가치가 있는 물건입니다. 자, 가볍게 금자 1냥으로 시작하겠습니다."

무공 비급이 아니라는 말에 대부분의 사람들의 흥미가 완전히 식어 있었다.

"금자 5냥."

"예! 1번님께서 금자 5냥을 부르셨습니다! 더 있으십니까?"

'저놈은.'

소름 끼치는 목소리가 울려 퍼졌다.

1번, 고 첩형이 호가를 하여 있었다.

녀석은 표정에 흥분한 감정을 감추지 못하고 있었다.

'재밌게 됐군.'

그러자 유신운은 한쪽 입꼬리를 사악하게 올리며 닫혀 있던 입을 열었다.

"금자 10냥."

"16번 분께서 10냥을 부르셨습니다!"

"금자 15냥!"

"예! 1번 님이 15냥!"

아무도 참여하지 않을 것으로 생각한 듯, 누군가가 참여 의사를 밝히자 고 첩형은 놀란 표정이 그대로 드러나고 있었다.

"금자 20냥."

"이잇! 금자 40냥!"

"금자 60냥."

두 배의 가격을 불러도 누군가가 자꾸만 따라붙자, 고 첩형이 분노한 얼굴로 주변을 돌아보며 16번의 얼굴을 확인했다.

'……!'

그렇게 고 첩형과 눈이 마주치자.

'안녕.'

유신운이 가볍게 손을 까딱이며 반갑게 인사를 해 주었다.

'저, 저 개자식이!'

황유신을 확인한 고 첩형이 빠득 소리 나게 이를 갈았다.

"금자 80냥!"

"금자 100냥."

"금자 150냥!"

"금자 200냥."

"……!"

황유신이 단번에 가격을 금자 2관까지 올려 버리자, 상황을 지켜보던 사람들이 시끄럽게 웅성거리기 시작했다.

"뭐지? 저 고서가 그리 대단한 물건인가?"

"아까 문 앞에서 다투는 걸 못 봤나. 그냥 두 놈이 서로 자존심 싸움하는 거야."

"흐음, 그래도 뭔가 석연찮은데……."

그런 상황에서 황유신을 노려보는 고 첩형의 머릿속이 분주했다.

'……설마 저놈이 물건의 정체를 알고 있는 건가? 아니, 아니야. 그럴 리가 없어. 제독께서 오로지 나에게만 알려 주신 정보이거늘.'

"16번 분께서 금자 1관을 부르셨습니다. 더 높은 가격을 부르실 분 있으십니까?"

그가 고민을 하는 사이 사회자가 말을 꺼냈다.

고 첩형이 냉큼 가격을 부르려는 순간, 곁에 있던 수하가 다급하게 전음을 보내왔다.

—……첩형. 이 이상은 가격을 올렸다가는 다른 이들에게 괜한 의심을 살 수 있습니다. 그냥 여기서 저 놈에게 물건을 넘기시고 후에 다시 빼

앗아 오시는 것이 상책일 듯합니다.

일리가 있는 수하의 말에 고 첩형이 꿀 먹은 벙어리처럼 제 입을 닫았다.

"예! 그럼 더 이상 호가가 없는 관계로 비서는 16번 분에게 낙찰되었습니다!"

그 모습을 보며 황유신이 피식하며 비웃음을 터뜨리자, 고 첩형이 모욕감에 부들부들 몸을 떨었다.

'놈! 사지를 갈가리 찢어 죽이리라!'

고 첩형의 눈에서 진득한 살기가 번들거리고 있었다.

"고객님, 여기 물건입니다."

흑시 무사가 낙찰된 물건을 유신운에게 건넸다.

이름 모를 비서를 유신운이 집는 순간.

우우웅! 우웅!

오로지 그만이 느낄 수 있는 은은한 기운의 진동이 울려 퍼졌다.

'분명히 비밀이 숨겨진 물건이다.'

주변에 티를 내서 좋을 건 없었기에, 유신운은 자연스럽게 품속에 비급을 넣어 놓았다.

"자, 그럼 다음 물건들로 넘어가겠습니다!"

사회자가 말을 마치며 손뼉을 쳤다.

그러자 흑시 무사들이 긴장한 표정으로 한쪽을 향했다.

그리고 곧이어.

그어어!

크르릉!

물건을 내오는 무대 뒤편에서 소름 끼치는 울음이 울려 퍼지기 시작했다.

철컹. 철커컹.

처척.

'……저건!'

모습을 드러낸 '물건'을 확인한 유신운의 눈이 커다랗게 떠졌다.

사슬에 묶인 흉측한 몰골의 괴물들이 모습을 드러내고 있었다.

"오오!"

"미리 한 말이 정말이었군!"

"아름답군! 저게 말로만 듣던 반요(半妖)인가?"

경매장의 사람들은 겁을 집어먹기는커녕 잔뜩 흥분하여 서로 소리치기 시작했다.

사람들의 눈에 광기가 떠올라 있었다.

이곳에 온 대부분의 사람이 모두 저것들을 위해 온 것 같았다.

'반요? 아니야, 저건 마치…….'

그들의 말처럼 괴물들의 형상은 요괴와 인간을 섞어 놓은 듯했다.

하지만 진짜 반요인 여득구를 알고 있는 유신운은 저것들이 반요가 아님을 알 수 있었다.

그러던 그때였다.

"여러분! 요괴의 주인이 되고 싶지 않았습니까? 자, 소개합니다! 오로지 흑시에서만 입수할 수 있는 물건! 바로 '요괴 강시'입니다!"

사회자는 충격적인 내용을 꺼내고 있었다.

유신운은 기괴하기 짝이 없는 요괴 강시들을 보며 차오르는 쓸쓸함을 속으로 삼켰다.

'너무 낙관적이었나. 시강론이 나에게 있는 이상, 혈교에서 강시의 발전은 더 이상 없을 줄 알았건만.'

또 다른 미래에서 혈교는 무림맹의 보고에서 획득한 시강론을 바탕으로 이제껏 세상에 존재하지 않았던 흉악한 괴물들을 만들었었다.

그렇기에 유신운이 시강론을 강탈했던 것인데, 녀석들은 전혀 다른 방향으로 선회하여 최악의 강시를 만들어 냈다.

'빌어먹을.'

요괴 강시들을 보며 떠올리기 싫었던 기억이 떠오른 유신운은 속으로 욕지거리를 토해 냈다.

인간과 요괴가 뒤섞인 요괴 강시의 모습은 전생에서 자신이 그토록 증오했던 인체 실험의 결과물과 매우 흡사했기 때문이었다.

"흐음, 한데 저것들 사리 분별은 제대로 되는 건가? 맹수처럼 주인까지 물려고 든다면 다시 생각해 봐야 할 것 같은데."

남자의 말에 당장 호가를 부르려던 이들이 멈칫했다. 분명히 일리가 있는 말이었기 때문이다.

"아주 좋은 질문이십니다. 자, 보기에는 이리 난폭해 보이지만……."

하나 그런 질문은 짐작했다는 듯, 사회자가 침착하게 말을 받으며 품에서 무언가를 꺼내 들었다.

딸랑.

듣는 이의 심령을 어지럽히는 기이한 방울 소리가 울려 퍼졌다.

"오오! 저것 봐라!"

"얌전해졌잖아!"

사회자가 방울을 흔들자 미쳐 날뛰던 요괴 강시들이 언제 그랬냐는 듯 얌전해졌다.

"이 주령(主鈴)만 가지고 계시면 이 난폭한 요괴 강시들을 마음대로 부릴 수 있습니다."

사회자의 말이 끝나자 사람들의 눈에서 일말의 걱정이 사라지고, 다시금 광기로 물들었다.

하지만 사회자의 말을 들은 유신운은 코웃음을 쳤다.

'말도 안 되는 소리. 저 괴물을 통제할 수 있는 건 아무것도 없다.'

유신운은 사회자의 말이 새빨간 거짓이란 것을 금세 알아차렸다.

다른 이들은 방울이 완벽히 통제하는 것처럼 보이겠지만, 요괴 강시들의 눈빛에는 피를 향한 갈망이 그대로 내비치고 있었다.

손에 피를 묻히는 순간 피아를 구분하지 않고 주인까지 죽음으로 내몰리라.

혈교가 저 물건을 퍼뜨리는 건 더 많은 혈사를 만들기 위함일 뿐이었다.

"자, 그럼 의문은 다 해결한 듯하니, 경매를 다시 시작해 보겠습니다."

"금자 100냥!"

"금자 110냥!"

"금자 130냥!"

호가 소리가 곳곳에서 끊이지 않고 울려 퍼졌다.

경매장의 거의 모든 사람이 가지고 온 돈을 모조리 요괴 강시에 털어 넣고 있었다.

인간의 흉측한 욕망이 폭주하는 장면을 얼음장처럼 차가

운 시선으로 노려보던 유신운은 한쪽으로 고개를 돌렸다.

'……과연.'

그의 시선이 서주안을 향하고 있었다.

그가 저 물건을 사 들이기 위해 온 것이라면 계획을 바꿔야 했다.

유신운은 천천히 그의 행동을 주시했다.

그리고 잠시 후.

"준비된 요괴 강시가 모두 팔렸습니다! 안타깝게 손에 넣지 못한 분들은 다음번 흑시를 기대해 주시기 바랍니다!"

마침내, 흑시가 준비해 놓았던 요괴 강시들이 모두 팔렸다.

곳곳에서 요괴 강시를 사지 못한 이들이 안타까운 한숨을 흘렸다.

'사지 않았군.'

하지만 그중에 서주안은 없었다.

서주안은 유신운과 함께 경매 중 단 한 번도 호가를 부르지 않았다.

무공도 강시도 아니라면 무엇을 위해 흑시에 온 것일까.

"자, 다음 물건들입니다."

유신운이 그런 의문을 머릿속에 떠올린 순간, 새로운 경매품들이 모습을 드러내고 있었다.

온갖 영물들과 기화이초(奇花異草)가 실려 나오기 시작했다.

그리고 그때부터 서주안의 반응이 달라졌다.

그녀는 긴장한 기색이 역력한 모습으로 물건들을 샅샅이 살펴보고 있었다.

'이것들을 위해 온 거군. 내공 증진을 위해 선가, 아니면……'

"자, 첫 물건입니다. 태산에서 입수한 구지선령과(九枝仙靈果)입니다."

유신운은 조용히 경매장의 상황을 지켜보았다.

대부분의 사람이 요괴 강시를 사는 데 모든 힘을 쏟아 낸 탓인지, 흥미가 많이 떨어진 모습이었다.

고 첩형을 비롯한 몇몇 사람들은 아예 경매장을 나가기까지 했다.

하지만 유신운에게는 오히려 좋은 일이었다.

이제부터 벌일 일에 관심이 적게 쏠린다는 말이니까.

"다음 물건은 동령석유(冬靈石乳)입니다. 첫 호가는 금자 40냥부터 시작하겠습니다."

"금자 40냥."

"예! 3번 손님이 금자 40냥을 부르셨습니다."

순간, 서주안이 호가를 선언했다.

"금자 100냥."

그리고 유신운이 경쟁에 참여했다.

서주안이 목소리가 들려온 방향으로 고개를 돌려 유신운

을 확인했다. 그러곤 굳은 표정으로 다시금 호가했다.

"금자 110냥."

"금자 150냥."

"……!"

하지만 유신운은 가격의 절반을 한번에 올려 버렸다.

예상한 가격보다 너무 높게 책정되었는지, 서주안이 주명호와 긴밀히 대화를 나누기 시작했다.

"더 이상 없으십니까?"

사회자의 재촉에 두 사람의 눈동자가 바람 앞의 촛불처럼 흔들렸다.

그러나 결국 그들은 가격의 압박에 첫 물건을 포기하고 말았다.

'……필요한 나머지 물건을 모두 얻어 내자는 심산이겠지만.'

유신운은 그들의 생각을 모두 꿰뚫어 보고 있었다.

그렇게 영약 경매전이 진행되는 동안.

지령음실(地靈陰實), 삼엽선화(三葉仙華), 혈정설삼(血精雪蔘), 만년빙란(萬年氷蘭)까지.

유신운은 서주안이 호가를 선언한 모든 물건을 배의 가격을 부르며, 모조리 손에 넣었다.

처음에는 우연인가 싶었던 서주안은 유신운의 행동에 점점 표정이 싸늘하게 식어 가고, 주명호의 두 눈에는 분노가 차올랐다.

'저자가 왜?'

서주안은 계속해서 고심했지만 어떠한 이유도 떠오르지 않았다.

"자, 오늘의 경매전은 여기서 마무리 짓겠습니다."

결국, 원하던 물건 중 단 하나도 얻지 못한 채 경매전이 종료됐다.

"……단주."

모두가 나간 텅 빈 경매장에서 서주안이 차마 일어서지 못하자, 주명호가 나직하게 말을 꺼냈다.

순간, 서주안이 자리에서 일어섰다.

이렇게 허무하게 끝을 낼 수는 없었다.

그는 곧장 이 사태를 만든 장본인에게 달려갔다.

"당신, 잠시 저와 잠시 이야기 좀 하죠."

유신운은 다짜고짜 들이닥친 서주안과 주명호를 방 안으로 들였다.

"뭔 말인지 들어나 보지."

유신운은 일부러 고압적인 태도를 유지하며 말을 꺼냈다.

주명호는 미간을 찌푸리며 분노한 감정을 그대로 쏟아 냈지만, 서주안은 오히려 침착하게 가라앉아 있었다.

"왜 우리가 가지려 했던 물건을 모두 빼앗은 거죠?"

"빼앗다니 표현이 좀 그렇군. 그냥 나는 내가 사고 싶은 물건을 샀을 따름인데. 뭐 문제가 되나?"

"사고 싶은 물건들이었다고요? 그럼 그것들로 무엇을 하려는 거죠?"

서주안의 말에 유신운이 비릿하게 입꼬리를 말아 올리며 말을 꺼냈다.

"자양강장."

"……!"

"요새 영 기운이 딸려서 말이야. 뭔 말인지 알지?"

황유신의 어처구니가 없는 말에 잠시 서주안이 할 말을 잃었다.

하지만 곧 흥분을 가라앉힌 후 차분히 말을 꺼냈다.

"……그것들은 모두 극음(極陰)의 성분을 지닌 영약들이에요. 양기를 위해서 섭취하려는 거라면 최악의 선택이 될 거예요."

"흐음, 그래? 그럼 넌 극음의 영약들로 뭘 하려던 건데?"

"그건……."

훅 들어오는 유신운의 말에 서주안은 잠시 당황했다.

"……당신에게 말해 줄 필요는 없는 것 같군요. 아무튼 당신이 산 물건들을 모두 다시 사고 싶어요."

"갑절."

"……!"

"총 가격의 갑절을 내면 물건들을 내어주지."

"이 무뢰배 같은 놈이!"

황유신의 행동에 주명호가 결국 화를 참지 못하고 일갈을 토해 냈다. 그러자 순식간에 주명호의 내기가 방 안을 잠식하였다.

"크흡!"

황유신이 그의 기운이 압도되어 자신의 목을 붙잡고 털썩 주저앉았다.

─놈을 죽이고 물건들을 탈취하시죠. 흑시의 무리는 제가 처리하겠습니다.

서주안에게 전음을 보낸 주명호가 허리로 손을 뻗으려던 그때였다.

"아저씨!"

서주안이 소리치며 그런 주명호를 말렸다.

─출발할 때부터 말씀드렸잖아요. 살생은 절대 허락할 수 없어요.

─하지만……!

─피로 물든 약은 그분도 원치 않으실 거예요.

─…….

서주안의 말에 주명호가 결국 자신의 내기를 가라앉혔다.

"허억, 헉."

황유신이 겨우 기운의 억압에서 벗어나 가쁜 숨을 쉬었다.

"……무례는 사과드려요. 우리는 그만 돌아가겠어요."

그렇게 서주안과 주명호가 뒤를 돌아 방을 빠져 나가려던 그때였다.

"좋아, 합격이다."

갑자기 등 뒤에서 뜬금없는 말이 들려왔다.

두 사람이 급히 뒤를 돌아보자 힘겨워하던 모습은 온데간데없는 황유신이 그들을 바라보고 있었다.

'이게 무슨?'

"……당신!"

두 사람은 당혹스럽기 그지없었다.

평범했던 황유신의 기도가 완전히 달라져 있었기 때문이다.

"근래에 보기 힘든 상식적인 마인이군. 대화가 잘 통하겠어."

"……!"

황유신이 말한 칭한 '마인'이라는 단어에 두 사람은 급히 자신의 반응을 숨겼지만, 놀란 것을 숨길 수 없었다.

"숨길 필요 없어."

딱.

투두둑.

유신운이 손가락을 튀기자 천장에서 무언가가 우수수 떨어졌다. 은밀히 방 안을 감시하던 네 사람의 흑시 무사들이었다.

한눈에 보기에도 심상치 않은 실력을 지니고 있는 그들은 전부 동공이 흐리멍덩해져 있었다.

그들은 모두 강력한 술법에 제압당한 상태였다.

"지켜보는 눈들은 방에 들어올 때부터 이미 제압해 놨으니까."

유신운의 말에 주명호가 다급히 주변을 훑어보곤 진상을 알아차렸다.

'진법? 구동한지도 몰랐다. 어떻게 이런 고위의 진법을?'

자신이 눈치채지도 못할 사이, 어느새 진법이 구동되어 있었던 것이다.

설마 교에서 온 것일까.

"……네놈 대체 누구냐?"

최악의 상황을 걱정하며 주명호가 말을 꺼냈다.

그러자 황유신은 피식 웃으며 말을 꺼냈다.

"다른 사람의 정체를 알려면 자신부터 소개해야지. 안 그런가, 호교신장?"

"……!"

자신의 정체를 정확히 파악하고 있는 상대에게 주명호는 침음을 흘렸다.

'이놈 대체 어디까지 알고 있는 거지?'

자신뿐만 아니라 서주안의 정체를 알고 있다면 손을 써야 했다.

스아아! 촤아아!

주명호가 지금까지 숨겨 두었던 마기를 모두 쏟아 내었다.

이전의 것과는 비교가 되지 않는 가공할 마기가 방 안을 집어삼켰다.

그러나 유신운 또한 아까처럼 가만히 당하고 있지는 않았다.

"최악의 선택은 하지 말라고."

말을 마친 유신운의 전신에서 엄청난 내기가 뿜어져 나왔다.

그 기운은 주명호의 내기를 가볍게 압도하였다.

주명호가 당황하여 두 눈만 끔뻑였다.

'엄청난 내공이다. 어떻게 저 나이에 이런 말도 안 되는 내공을?'

그런 그를 무시하곤 서주안에게 눈을 마주친 유신운이 말을 꺼냈다.

"진정해. 난 그저 좋은 제안을 하기 위해 먼저 접촉한 거니까."

"……설마 우리를 불러내기 위해 물건들을 모두 사들인 건가요?"

"정답이야."

자신들이 상대의 치밀한 계획에 넘어간 것을 깨닫자 두 사람이 동시에 침음을 흘렸다.

─주공, 제가 시간을 벌겠습니다. 훗날을 도모하심이.

하지만 서주안은 도망치지 않았다. 그의 제안을 저버리고 황유신을 똑바로 직시하며 말을 꺼냈다.

"무례하게 초대당했으니 제안부터 먼저 들어 봐도 될까요?"

되레 당당하게 나오는 서주안의 모습에 유신운이 살짝 놀랐다.

'역시나 범인(凡人)은 아니란 건가?'

속으로 평가를 마친 유신운이 입을 열었다.

"내가 지금 원하는 것은 말했다시피 두 사람의 조력, 그 후에는 마교의 힘이다."

"마교의 힘을 원하는 거라면 부교주와 손잡는 게 빠를 텐데요."

서주안의 말에 유신운이 어깨를 으쓱하며 말했다.

"천진중과는 이미 돌이킬 수 없는 강을 건넌 사이라서 말이지."

"……!"

천진중과 적대 관계를 맺고 있다는 말에 두 사람의 표정이 순간 움찔했다.

하지만 그것을 짐짓 모른 체하며 유신운이 말을 이어 갔다.

"그런 상황에서 호교신장이 호위하는, 전혀 정체를 알 수 없는 인물 정도라면 접촉해 볼 가치가 있다고 판단했지."

'……심계가 보통이 아니군.'

서주안 또한 유신운을 보며 상대가 단순히 강대한 힘만을 지닌 것이 아닌 뛰어난 지략 또한 갖췄다는 것을 알아차렸다.

"아무튼, 맨입으로 도와 달라고 하는 건 아니야."

이어진 다음 말에 서주안과 주명호의 표정에 숨길 수 없는 당혹감이 떠올랐다.

"나를 돕는다면 너희들이 살리고 싶어 하는 자를 완벽히 치료해 주지."

'……!'

'이, 이자가 어찌?'

유신운의 갑작스러운 말에 두 사람은 잠시 할 말을 잃었다.

어쩔 도리가 없었다.

어떤 단서도 없었음에도 상대가 그들의 목적을 간파하고 있었기 때문이었다.

하지만 그것도 잠시 뒤늦게 표정 관리를 끝낸 서주안이 말을 꺼냈다.

"……치료라니요? 무슨 말씀을 하시는 건지 모르겠군요."

그 모습에 유신운이 피식 웃었다.

"숨길 필요 없어. 너희가 사려 했던 영약들 모두 내공 증진을 위해 필요한 게 아니잖아. 그 영약들을 재료로 설린청음환(雪燐靑陰丸)을 만들어 환자의 증세를 완화하려 한 것이겠지."

"……!"

모든 것을 정확히 알고 있는 상대 때문에 서주안은 더 말을 이어 가지 못했다.

주명호 역시 떨리는 눈으로 유신운을 바라보며 깊은 생각에 잠겼다.

'분명 천마께서 당대에는 자신밖에 설린청음환의 제조법을 아는 이가 없을 거라고 말씀하셨거늘.'

고심에 빠진 두 사람과 달리 유신운은 평온함 그 자체였다.

그러던 찰나, 이내 유신운이 무언가를 결정한 듯 두 사람에게 말을 꺼냈다.

"뭐, 나도 무례를 저질렀으니 패 한 장 정도는 보여 줘도 되겠지."

두둑. 두두둑.

말이 끝남과 동시에 뼈가 어긋나는 기괴한 소리와 함께 유신운의 골격이 뒤틀리기 시작했다.

난데없이 축골공을 사용하는 상대의 행동에 두 사람은 당황했지만, 변화한 상대의 얼굴을 확인한 두 사람은 다른 의미로 놀란 표정이었다.

'저 모습은……!'

곧이어 변화가 완료된 유신운의 모습은 다름 아닌 소신의 유의태의 모습이었다.

"내 정체는……."

그렇게 유신운이 자신의 정체를 말해 주려던 찰나였다.

"소신의!"

'으응?'

서주안과 주명호, 두 사람이 동시에 자신의 별호를 호명하자 유신운이 되레 두 눈을 끔뻑였다.

-이건 정말이지 천운입니다! 이렇게 소신의를 만나게 되다니요!

-잠깐 진정하세요, 아저씨. 아직 의심을 거둬서는 안 돼요.

주명호가 몹시 흥분하여 전음을 보내자, 서주안이 그런 그를 진정시켰다.

그런 후, 침착하게 가라앉은 모습으로 유신운에게 말을 꺼냈다.

"겉모습은 분명히 일전에 보았던 용모파기와 같지만……. 당신이 가짜가 아니라는 걸 어떻게 믿지?"

그러자 유신운은 한 손으로 자신의 턱을 잡고는 흐음, 하며 침음을 흘리다가.

"잠깐 손 좀 빌리지."

서주안의 손을 덥석 잡았다.

피할 새도 없이 쾌속하게 날아든 유신운의 손을, 그녀는 피하지 못했다.

"이놈!"

찰나에 벌어진 사태에 주명호가 달려들려 했지만, 서주안이 다른 손을 들어 그를 말렸다.

그리고 서주안은 눈을 감은 채 맥을 짚고 있는 유신운을 빤히 쳐다보았다.

'이자, 대체 정체가 뭐지?'

아까부터 자신이 귀신에 홀린 듯했다.

평소 같았다면 절대 이런 무례를 용납하지 않고 칼을 뽑았을 테지만, 상대에게서는 왠지 모를 친밀감이 느껴지고 있었다.

그러던 그때, 유신운이 감고 있던 눈을 떴다.

"역시 보았을 때부터 느꼈지만, 너도 병을 앓고 있군."

"……!"

"영약으로 어떻게든 진행 속도를 늦추고 있는 것 같지만…… 헛수고야. 구음절맥은 타고나는 거라 고칠 수가 없거든."

사실이었다.

그녀는 서른 살을 넘길 수 없는 치명적인 절맥을 안고 태어났다.

유신운의 말에 두 사람의 표정에 시름과 기쁨이 동시에 떠올랐다.

이유는 간단했다.

상대가 그녀의 고통을 되새기게 됐지만, 동시에 상대가 소신의라는 사실은 밝혀졌기 때문이었다.

소신의는 그들이 목숨을 걸고 중원행을 나선 이유였다.

반위까지도 고친 신의라면 천마도 소생시킬 수 있으리라는 일말의 희망을 건 것이었다.

하지만 아무리 찾아도 행방이 묘연하여 포기하고, 병의 진행을 늦출 재료만 흑시에서 얻어 돌아가려 한 것이었는데 이렇게 만나게 되었다.

'됐어. 아직 서른까지 3년이란 시간이 남았다. 그 정도면 충분해.'

그렇게 그녀가 자신의 마음을 다잡던 그때.

유신운이 갑자기 뚱딴지같은 말을 덧붙였다.

"나 말고는 아무도 말이지."

"그게 무슨? 흡!"

파밧! 촤착!

서주안이 대답하기도 전에 유신운이 품속에서 침을 꺼내 그녀의 팔에 꽂았다.

서주안은 당혹감을 숨길 수 없었지만.

'기, 기운이 몰려든다!'

곧이어 자신의 체내로 몰려드는 미지의 기운에 운기행공에 정신을 몰두할 수밖에는 없었다.

[플레이어의 스킬, '청낭 선의술'이 발휘됩니다.]

[스킬, 생사금침(生死金鍼)이 발휘됩니다.]

[환자의 구음절맥(九陰絕脈)을 치료합니다.]

사천당가에서 새롭게 얻은 생사금침은 말 그대로 환자의 생사를 관장할 수 있을 정도의 막대한 효력을 지닌 침술이었다.

생사금침은 그 명성에 걸맞게 그 누구도 고칠 수 없는 절맥을 완벽하게 치료하고 있었다.

주명호는 유신운이 서주안의 팔에 침을 꽂는 것을 가만히 지켜보고 있었다.

'정말로 고쳐지고 있는 건가?'

구음절맥으로 평생을 고통받은 서주안을 보아 온 그였기에, 침술이 진행될수록 표정에 점점 온화한 빛이 떠오르는 것을 보며 말릴 수가 없었던 것이었다.

그렇게 일각여의 시간이 흐른 후.

"후우."

마침내 서주안이 감고 있던 눈을 떴다.

"괜찮으십니까?"

"전부……."

"예?"

"고통이 전부 사라졌어요."

"……!"

주명호는 한걸음에 다가와 서주안의 내부에 기운을 흘려 넣어 기맥을 살폈다.

'정말로 절맥이 사라졌다!'

그리고 정말로 서주안의 목숨을 갉아먹던 구음절맥이 깨끗이 사라졌음을 알 수 있었다.

사서에 이름을 남긴 신의들도 칠주야가 걸렸던 구음절맥을, 유신운은 일순간에 치료해 버린 것이다.

두 사람이 동시에 도깨비를 목도한 듯한 놀란 눈으로 유신운을 바라보았다.

"이 정도면 나에 대한 진위(眞僞)는 가려진 것 같군."

그의 말대로 두 사람의 머릿속에 이제 일말의 의심 따위는 없었다.

'……화타와 편작의 재림이라 하더니.'

현 중원 천지에 구음절맥을 이리 간단히 치료할 수 있는 자는 눈앞의 상대밖에는 없기 때문이었다.

"보아하니 그쪽도 천진중과 척지고 있는 것 같은데. 적의 적은 동료란 말이 있지 않나. 그쪽도 이만 정체를 밝혀 보라고."

이어진 유신운의 말에 서주안과 주명호가 서로를 마주 보았다.

무언가를 결심한 듯, 두 사람이 동시에 고개를 끄덕였다.

촤아악.

이어 서주안 또한 자신의 얼굴을 뒤덮고 있던 인피면구를 벗었다.

그러자.

'⋯⋯!'

유신운의 얼굴에 처음으로 당황의 빛이 떠올랐다.

인피면구가 벗겨지며 묶고 있던 머리카락이 풀어헤쳐졌다.

그리고 백옥처럼 흰 피부에 붓으로 그린 듯 고운 아미.

밤하늘의 별빛처럼 반짝이는 두 눈 아래로 날카로운 콧날과 붉은 입술이 드러났다.

'여자인 줄은 알고 있었지만.'

그랬다. 서주안의 숨겨진 정체는 여인이었다.

그것도 지금까지 유신운이 만난 어떤 여인보다도 아름다운.

그런 찰나, 서주안이 충격적이 내용을 담고 있는 말을 꺼냈다.

"내 이름은 천서린. 믿기 힘들겠지만 천마의 딸이에요."

서주안, 아니 천서린은 천마의 숨겨진 혈육이었던 것이다.

'그렇게 된 거였군.'

그 한마디만으로도 유신운은 많은 것을 유추할 수 있었다.

천마가 숨겨 놓은 단 하나의 혈육.

천진중이 그녀를 노리는 이유는 이유가 바로 그것이리라.

아무리 마교가 강자존(强者尊)의 질서로 유지된다고 하지만 현재 마교 내에서 당대 천마의 위치는 절대적이었다.

현 천마는 초대 천마를 제하면 가장 강하다고 평가받았다. 그만큼 수하들의 충성도도 절대적으로 높다.

그런 상황에서 아무에게도 전해 주지 않았다던 천마의 무공을 천화린이 이어받았다고 선포하면, 아무리 천진중의 세력이 굳건하다 한들 반절은 이상은 이탈하리라.

'……발을 빼고 싶다고 해도 어쩔 수 없지.'

유신운이 아무런 말이 없자, 그 반응을 천서린은 다르게 오해하며 말을 이어 갔다.

"천진중은 이제껏 아버님의 제자들을 모두 비밀리에 처치해 왔어요. 아버님은 뒤늦게 그 사실을 아시고 저를 철저히 비밀에 부치며 키워 오셨죠. 하지만 결국 근래에 제 존재가 밝혀졌고, 천진중의 암살대가 급파되었어요. 저희를 돕는다면 그들이 당신까지도 노릴 수 있어요. 그러니……."

그녀는 우리와 손을 잡는 것은 신중해야 한다고 말하려 했지만…….

"거기까지."

유신운은 그녀의 말을 끊었다.

"천진중 따위를 무서워할 필요 없어. 놈은 조만간 내 손에 죽을 테니까."

유신운의 말에 두 사람은 할 말을 잃었다.

천진중을 저리 가볍게 보는 자는 이 세상에 저자밖에는 존재하지 않으리라.

하지만 그들에게 유신운의 말은 오만으로 보이지 않았다.

그의 전신에서 느껴지는 압도적인 기운은 그것이 허언이 아니라는 것을 알려 주고 있었으니까.

순간 유신운의 말이 이어졌다.

"난 곧 이곳을 붕괴시킬 것이고, 그다음 사파련을 궤멸시킬 거다. 그 계획에 두 사람이 힘을 보태면 돼."

생각지도 못한 사파련을 무너뜨린다는 말에 두 사람은 당혹감을 숨기지 못했다.

"……사파련을 쓰러뜨린다니, 정녕 혼자만의 힘으로 그것이 가능하다고 생각하는 게요?"

"물론."

유신운은 조금의 망설임도 없이 당당하게 대답했다.

다른 이었다면 광인이라 생각하고 제안을 거부했을 테지만.

"좋아요. 손잡죠."

천서린은 유신운과 동맹을 체결했다.

천마를 구하기 위해선 다른 방법이 없었기 때문도 있었으나, 그녀는 본능적으로 눈앞의 사내가 중원에 일대 파란을 일으킬 것을 직감했다.

"그 이후는요. 당신의 계획의 끝이 사파련이라고는 상상되지 않는군요."

"그건 계획을 치르다보면 자연히 알게 될 거다."

유신운은 말을 아꼈다.

아직 혈교에 대해 모르는 이들에게 혈교를 설명한다 한들 거짓이라 여길 것이 뻔했다.

그렇다면 직접 보여 주는 것이 편하리라.

"자, 그럼 작전을 말해 주지."

순간, 두 사람이 귀를 쫑긋 기울였다.

"일단 좀 죽어 줘야겠다."

"……뭐라고요?"

두 사람이 유신운의 말뜻을 이해하지 못해 얼떨떨해하는 찰나, 어느새 출수된 유신운의 손이 빠르게 그들을 향하고 있었다.

3장

'젠장! 이게 또 무슨 일이야?'

수하의 다급한 부름에 부리나케 달려온 양인홍은 속으로 연신 욕지거리를 내뱉고 있었다.

한 사람의 방 앞에 수하들이 진을 치고 있었다.

방문에는 선명한 핏자국이 남아 있었다.

'하아, 이놈. 사고를 칠 게 더 남아 있었나?'

양인홍은 황유신을 떠올리며 관자놀이를 짓눌렀다.

"……무슨 일이지?"

"호철당의 소당주와 상단 일행이 서로 칼부림을 한 것 같습니다."

수하의 말에 양인홍이 거칠게 고갯짓을 했다.

주인의 불편한 심기를 인지한 수하들이 냉큼 자리를 비켰
다.

"후우, 후……. 이 건방진 놈들이 감히 나한테 칼을 들이
대?"

양인홍이 방으로 들어서자, 피가 뚝뚝 떨어지는 칼자루를
쥔 채 씩씩거리는 황유신의 모습이 보였다.

'이런.'

그리고 그의 뒤로 바닥에 피투성이가 되어 쓰러져 있는 두
사람이 있었다.

양인홍은 아무런 말 없이 조용히 그들에게 다가가 허리를
굽혔다.

그는 두 사람의 코에 손을 가져다 댔다.

'둘 다 갔군.'

두 사람은 확실하게 죽음을 맞이하여 있었다.

ㅡ……어찌 된 일이냐.

양인홍은 황유신 몰래 방 안에 잠복해 있던 수하들에게 말
을 건넸다.

그러자 곧 천장에 숨어 있던 수하 중 하나가 전음을 전해
왔다.

ㅡ……자신들이 사려던 물건을 모두 빼앗긴 저들이 앙심을 품고 소당
주를 찾아왔습니다. 물건을 되팔라며 말다툼을 하다가 소당주가 계속 희
롱을 하자 곁에 있던 수하가 갑자기 검을 출수하며 싸움이 격화되었습

니다.

수하의 설명을 들은 양인홍은 대충 어떻게 된 일인지 알
수 있었다.

양인홍은 죽은 두 사람을 얼음장처럼 차가운 눈으로 바라
보았다.

'이전이라면 수습이 힘들었겠지만 어차피 이번 혹시가 끝
나면 모두 처리할 작정이었으니……'

머릿속에서 계산을 끝낸 양인홍이 순식간에 표정 관리를
하며 황유신에게 시선을 돌렸다.

"아이고, 얼마나 놀라셨습니까, 소당주님!"

"이놈들, 이놈들이 먼저 나를 공격했소."

"예 예, 다 들었습니다."

양인홍은 아직도 흥분을 가라앉히지 못하고 있는 황유신
을 천천히 진정시켰다.

"소당주께서는 기습에 정당한 방어를 한 것이니, 이 일에
쓸데없는 걱정은 안 하셔도 됩니다."

"크흠, 미안하게 됐군."

"아닙니다. 이런 소란 정도는 왕왕 있는 일이지요."

자신의 말에 점차 진정이 되는 황유신을 보며 양인홍은 치
밀어 오르는 비웃음을 참았다.

"자, 뒤처리는 모두 제가 할 터이니, 소당주께선 이만 따
뜻한 물로 몸을 씻으신 후, 판으로 가실 채비나 하시지요."

"……알겠네."

그렇게 수하에게 황유신을 챙기게 한 후, 양인홍은 방 안에 남았다.

"시체들은 어떻게 처리할까요?"

그때, 슬며시 들려오는 수하의 물음에 양인홍이 쯧, 하고 혀를 한 번 차고는 말을 꺼냈다.

"두 놈 다 쓸 만한 무위를 가지고 있었다. 전부 폐기장으로 모두 보내도록."

"알겠습니다."

양인홍의 말이 끝나자마자 두 명의 수하가 고개를 끄덕이고는 각기 어깨에 시체를 들쳐 업었다.

수하들은 다른 이들에게 들키지 않도록 은밀하게 이동하기 시작했다.

그들은 지하에 위치한 비밀 장소로 발걸음을 옮기고 있었다.

짙은 어둠이 깔린 지하로 갈수록 그들의 코끝에 짙은 피비린내가 진동하고 있었다.

으아악!

키에에!

동시에 그들의 귓전에 고통에 찬 신음이 울려 퍼지고 있었다. 사람의 비명과 짐승의 비명이 한데 섞인 기괴한 울음이었다.

"뭐냐, 그놈들은?"

두 사람을 확인한 곱추 노인 하나가 말을 꺼냈다.

피투성이가 된 채 작업에 몰두하고 있는 노인의 곁에 인간과 요괴의 파편들이 널브러져 있었다.

그랬다.

이곳은 다름 아닌 요괴 강시를 만드는 장소였다.

수하들이 상급자에 대한 예를 갖춘 후 대답했다.

"위에서 작은 소란이 있었습니다. 양 단주께서 이놈들을 '재료'로 사용하라 하셔서 가져왔습니다."

곱추 노인은 슬며시 다가와 서주안과 주명호의 시체를 확인했다.

"호오, 둘 다 나쁘지 않은 무골이로군. 잘만 쓰면 역작이 나올 수도 있겠어."

시체를 보며 군침을 삼키는 곱추 노인을 보며 수하들이 등줄기에 소름이 돋아 왔다.

"끌끌, 재료야 많을수록 좋지. 두 놈 다 빙고(氷庫)에 옮겨 놓도록 해라."

"……예."

수하들은 곱추 노인을 지나쳐 더욱 깊은 안쪽으로 이동했다.

그러자 한쪽 끝에 빙고라는 말처럼 엄청난 한기(寒氣)가 폭사되고 있는 곳이 있었다.

수하들은 그곳에 시체들을 내려놓았다.

"……얼른 가세. 이곳은 언제 보아도 소름 끼치는군."

"그러게나 말일세."

수하들은 부르르 몸을 떨며 빙고의 문을 단단히 닫고 서둘러 빠져나갔다.

그러자 잠시 후.

꿈틀.

분명히 죽음을 맞이했던 서주안과 주명호의 시체가 움직이기 시작했다.

딱딱하게 굳어 있던 그들의 몸에 생기가 돌기 시작하더니, 이내 두 사람은 시체의 모습에서 완전히 벗어나 감겨 있던 두 눈을 떴다.

천서린은 자신의 손을 두어 번 쥐었다 펴고는 주명호를 바라보며 말을 꺼냈다.

"놀랍군요, 자신이 아닌 타인을 이리도 완벽한 사자(死者)의 모습으로 변환시키다니. 교의 장서각에서도 이러한 기공에 대한 정보는 찾아보지 못했어요."

그러자 주명호…… 아니, 마교의 호교신장 혈뢰도마(血雷刀魔) 주태명(朱泰鳴) 또한 고개를 끄덕이며 말을 꺼냈다.

"……송구스럽지만 저 또한 이런 기공은 생전 처음 겪어 봅니다. 소신의, 그자는 정말 생각지도 않은 힘을 지니고 있군요."

무림세가
전생랭커

천서린은 주태명의 말에 천천히 아까 전의 일을 떠올렸다.

대뜸 죽어 줘야겠다고 선언한 유신운은 당황한 그들에게 다시 한번 생사금침을 찔러 넣었다.

생사금침은 그들을 강제적인 가사(假死) 상태로 만들었다.

무엇을 볼 수도 말을 할 수도 없었지만, 두 사람의 의식만은 온전히 그대로 있었다.

─놈들은 분명히 너희를 요괴 강시들을 제조하는 작업실로 이동시킬 거다. 거기에 숨어 있다가 신호가 오면 작전을 개시하면 된다.

그런 그들에게 소신의는 전음으로 임무를 명령했다.

천서린은 툭툭 털고 자리에서 일어나 주변을 훑어보았다.

'거대한 소란이 일어나겠군.'

그녀의 시야에 빙고에 잠들어 있는 수많은 완성된 요괴 강시들이 들어오고 있었다.

"드디어 왔군."

도괴 도진욱이 도박장으로 들어오는 황유신을 보고 말을 꺼냈다.

그의 얼굴에 짜증이 묻어나고 있었다.

"미안하게 됐군. 갑자기 일이 생겨 조금 늦었소."

하지만 황유신은 미안함은 조금도 없는 표정으로 대수롭

지 않게 말했다.

　방 안에 자리한 둥근 탁자에 도진욱을 포함해 도박에 참여하는 네 사람이 앉아 있었다.

　유신운은 남은 빈자리 하나에 털썩 앉았다.

　"쯧, 다른 곳이었으면 드잡이를 했겠지만 다른 데서 힘을 빼면 운발이 떨어지니 참겠다."

　"허허, 기다리느라 목이 빠지는 줄 알았소. 자, 그럼 이제 바로 시작할 수 있겠군."

　그 모습에 다른 이들이 다분히 감정 섞인 비아냥을 흘렸다.

　"흥! 역시 배운 것도 없는 상인 놈이 예의를 알겠는가."

　유신운은 마지막 말을 꺼낸 의외의 인물에 살짝 놀랐다.

　'고 첩형, 저놈도 있을 줄은 몰랐군.'

　다름 아닌 그와 다퉜던 동창의 고 첩형이었다.

　살기가 가득한 눈으로 자신을 노려보는 놈을 보며 유신운이 피식, 한쪽 입꼬리를 말아 올렸다.

　'오히려 잘된 일이군. 한 번에 두 놈을 팰 수 있으니.'

　"쯧, 여름도 다 지났는데 웬 모기 새끼 하나가 이렇게 앵앵거리나."

　"뭐, 뭐야?"

　유신운이 자신의 목소리를 비아냥거리자, 고 첩형이 자리에서 벌떡 일어났다.

고 첩형의 전신에서 심상치 않은 기운이 일렁였다.

"자 자, 싸움은 끝나면 알아서 하시고 시작이나 하지."

"그래, 언제까지 기다리게 할 건가."

일촉즉발의 상황이 펼쳐졌지만, 탁자의 다른 이들이 두 사람을 만류했다.

고 첩형은 화를 참지 못하고 부들부들 몸을 떨다가 다시 자리에 앉았다.

그러자 도진욱이 바로 진행을 하기 시작했다.

"자, 그럼 대충 정리된 것 같으니 바로 시작해 보지요. 판돈은 무제한으로 흑시에서 차용해 드리니, 거실 금액만 선언하시면 됩니다."

돈을 무제한으로 빌려주는 이유는 간단했다.

도진욱은 유신운이 지닌 호철당의 모든 것을 집어삼키기 위함이었다.

"자, 그럼 저희가 할 것은 이것입니다."

도진욱이 품에서 무언가를 꺼내어 탁자에 펼쳐 냈다.

마흔 개의 얇은 대나무 조각들이었다.

"호오, 검패(劍牌)인가."

"예, 맞습니다."

검패.

얇은 대나무 조각에 그림과 숫자를 그려 놓고 그 순서나 짝의 높낮이에 따라 승부를 가리는 도박이었다.

흑검(黑劍), 흑구(黑鉤), 홍검(紅劍), 홍편(紅鞭)이 각각 열 장, 왕패(王牌)가 한 장으로 총 41장으로 구성되어 있으며, 왕패를 뺀 나머지 사패(四牌)에는 1~10의 숫자가 적혀 있었다.

일반적으로는 패의 총 숫자의 합이 높은 이가 이기지만, 숫자의 합보다 높은 족보가 있었다.

같은 숫자가 한 쌍이면 쌍검(雙劍), 1, 5, 10이 같이 있으면 삼절검(三絶劍), 다섯 개의 숫자가 이어서 나오면 연환검(連環劍), 일()패 4장에 왕패가 나오면 오천왕(五天王)이 되었다.

쌍검이 가장 낮고, 오천왕이 가장 높았다.

"검패야 워낙 유명하니 다들 아시겠지만, 혹시 모르시는 분을 위해 간단히 규칙을 설명해 드리겠습니다. 일단 첫 패를 받으면 받은 사람만 확인한 후 엎어 놓습니다. 그리고 그 뒤에 돌리는 세 장은 다른 사람들도 볼 수 있게끔 펼쳐 놓습니다. 그리고 마지막 한 장은 다시 가려서 놓습니다. 한 번에 한 패씩만 주고, 두 번째 패부터 돈을 거시면 됩니다."

주사위 도박은 운에 모든 것을 맡기는 도박이라면, 검패는 분명한 실력이 필요한 도박이었다.

자신의 패와 다른 이의 펼쳐진 세 패를 보고 다른 사람의 족보를 짐작한 상태에서 돈을 걸어야 하니 빠른 판단력과 고도의 심리전에 능해야 했기 때문이었다.

"기본 판돈은 금자 1관으로 시작하겠습니다."

'금자 1관?'

도진욱의 말에 유신운이 살짝 놀랐다.

판돈이 정말 엄청나긴 했기 때문이었다.

착. 차착!

도진욱이 펼쳐놓았던 검패를 회수하여 섞기 시작했다.

유신운을 제외한 나머지 네 사람은 긴장한 기색이 역력한 모습으로 패와 상대방을 노려보고 있었다.

'자, 그럼 실력을 볼까.'

양인홍에게는 승리를 장담하며 자신만만하게 소리쳤던 도진욱이었지만, 막상 도박이 시작되고서는 침착함을 유지하고 있었다.

도괴라는 그의 별호는 결코 허명이 아니었다.

-일. 삼입니다.

-육. 칠이오.

게다가 도박판에 자리한 인물들 중 한 명은 미리 앉혀 놓은 그의 제자였고, 고 첩형과도 전음으로 패를 전달받고 있었다.

그가 지려야 질 수가 없는 판이었던 것이다.

"으하하! 또 이겼다!"

하지만 도진욱은 내리 세 판을 유신운이 이기게끔 판을 유도했다.

이유는 간단했다.

'감정이 얼굴에 그대로 드러나는군. 형편없는 놈.'

승리에서 오는 유신운의 표정을 포함한 모든 것을 읽기 위함이었다.

도박에서 도박사가 가장 유의해야 하는 것은 평정심을 유지하는 것이었다.

승리에 대한 기쁨도 표정에서 지워야 했다.

상대가 표정과 마음을 읽는 순간 절대로 이길 수 없기 때문이다.

하지만 지금 유신운은 너무도 쉽게 습관과 버릇들을 모두 노출하고 있었던 것이다.

'끌끌! 역시 이놈은 호구 그 자체야. 이전의 판은 그저 운이 좋았을 뿐이다.'

그렇게 도괴의 의심이 완전히 사라진 그때.

'다 보인다, 이놈아.'

유신운은 속으로 비소를 짓고 있었다.

❦

"이런 빌어먹을! 첫 끗발이 개 끗발이라더니!"

황유신이 탁자에 자신의 패를 집어 던지며 소리쳤다.

"하하, 이거 미안해서 어쩌나? 벌써 황 형제의 돈만 몇 번째 먹는 건지 모르겠군. 부디 포기하지 마시게. 다음 판은 꼭 가져갈 수 있을 것이니."

그 모습을 보며 아무것도 모른 채 도박판에 참여한 사내가 위로의 말을 건넸다.

하지만 그것은 겉으로만 보이는 행동일 뿐, 그의 속내에는 제대로 호구를 잡았다는 기쁨밖에는 존재하지 않았다.

"에잇! 시끄럽고 얼른 패나 돌려라!"

황유신이 버럭 화를 내는 모습을 보며 도진욱과 고 첩형이 비릿한 미소를 지어 보였다.

'끌끌, 속이 다 후련하군.'

'어찌 이길 수가 있겠느냐. 내가 네놈의 머릿속을 훤히 들여다보고 있거늘.'

이미 일부러 져 주는 단계는 지나가 있었다.

계속 판이 이어지는 동안 도진욱이 황유신의 버릇을 완벽히 파악하는 데 성공했기 때문이었다.

"크흠, 이걸로 딸 수 있을지 모르겠지만…… 일단 걸어 보지. 금자 3관."

패가 좋을 때는 오른 눈썹이 파르르 떨리며…….

"제기랄, 줘도 이딴 똥 패를 줘? 죽는다!"

반대로 패가 나쁠 때는 벌레 물린 것처럼 연신 팔목을 긁적이고.

"들어올 테면 들어오라고! 다 죽여 줄 테니까!"

되지도 않는 허장성세를 부릴 때는 계속해서 혀로 입술을 축였다.

'이리 한심한 놈을 가지고 걱정을 했었다니. 스스로가 부끄러워지는구나.'

도진욱은 터져 나오려는 폭소를 겨우 참았다.

지금까지 그가 여태껏 상대한 어떤 도박사보다 손쉬운 상대였기 때문이었다.

ㅡ스승님. 조금만 더 하면 놈의 속곳까지 털어 낼 수 있겠습니다.

ㅡ도 대인, 여기서 멈출 생각을 하시면 안 되오. 호철당의 모든 걸 다 빼앗아야 하오.

귓전에 울려 퍼지는 제자와 고 첩형의 전음을 모른 체 넘기며, 도진욱이 또다시 패배한 황유신에게 슬그머니 말을 건넸다.

"소당주, 보아하니 이제 가지고 온 판돈이 동이 난 듯한데 계속 진행하실 수 있겠습니까? 힘드시면 이쯤에서 물러나셔도 괜찮습니다만."

도진욱의 말에 황유신의 얼굴이 터질듯 새빨갛게 물들었다.

"어림도 없는 소리! 대 호철당의 당주가 될 내가 돈이 없어 물러날 것 같은가!"

그 모습을 보며 도진욱이 속으로 쾌재를 불렀다.

일부러 자존심을 자극한 것이기 때문이었다.

"자, 그럼 이렇게 하시죠. 가지고 오신 돈이 없으시니, 혹시에서 호철당의 각 지점을 담보로 잡아 돈을 빌려드리겠습니다."

"그래! 그렇게 하면 되겠군!"

일말의 고민도 없이 승낙하는 황유신을 보며, 표정 관리를 하던 다른 사람들도 어이가 없어 헛숨을 내뱉었다.

호철당의 지점들을 담보로 잡는다는 것이 어떤 의미인지 생각조차 안 하는 것 같았다.

"무엇 하느냐? 소당주께 얼른 증서를 드리지 않고."

도진욱의 말이 끝나자마자 그의 수하 중 하나가 미리 준비해 놓은 계약서를 황유신에게 건넸다.

"자, 됐지? 얼른 80관만…… 아니, 100관만 가져와 봐라!"

황유신은 증서를 제대로 읽어 보지도 않고 대충 지장을 찍은 후 소리쳤다.

그 모습을 보며 도진욱과 고 첩형의 두 눈이 탐욕의 빛으로 물들었다.

"우리도 준비해 주시오."

"나도 상단을 걸겠소이다."

황유신에 의해 판돈이 기하급수적으로 커지자, 나머지 네 사람도 군침을 흘리며 돈을 준비했다.

잠시 후, 흑시의 수하들에 의해 엄청난 양의 금자가 수레에 가득 실려 방 안에 쌓였다.

순식간에 방 안이 황금으로 가득 차 버렸다.

흑시에서 준비해 놓은 금자 보유량의 9할 정도에 해당하는 막대한 양이었다.

　물론 도진욱은 모두 회수할 것으로 생각했기에 보여 주기 식으로 가져온 것이었지만…….

　황유신, 아니 유신운의 생각은 달랐다.

　'이제 슬슬 쓸어담아 볼까?'

　유신운은 탐욕에 취해 제대로 된 판단력을 상실한 도진욱의 눈빛을 보며 계획을 실행할 적기에 도달했음을 깨달았다.

　한 판 그리고 두 판을 다시 한번 져 준 후, 유신운은 손으로 탁자를 거칠게 내리치며 말했다.

　"젠장! 어차피 이따위로 될 거면 진짜 하늘에 내 운을 맡기는 게 낫겠군!"

　유신운의 말을 가볍게 흘려들었던 네 사람은 이어진 그의 행동에 당황을 숨기지 못했다.

　'……저게 무슨?'

　한데 그럴 만도 했다.

　자신만 확인하는 첫 패를 받았음에도, 유신운은 뒤집어 보지도 않고 그냥 그대로 앞에 내려놓았으니까.

　"……황 형제, 정말 그렇게 할 거요?"

　"나는 내가 알아서 할 터이니 신경 쓰지 마시오!"

　"……크흠, 알았소."

　두 번째 패가 돌기 시작하자 유신운은 바로 판돈을 올렸다.

"나는 10관부터 시작하지."

"……!"

네 사람이 깜짝 놀라 바닥에 드러난 유신운의 두 번째를 확인했다.

일.

무려 황금 10관을 건 상대의 패는 고작 일에 불과했다.

깔린 두 장의 패를 보지도 않은 채 돈을 걸기 시작한 것이다.

다섯 장의 패가 모두 돌아갈 동안 유신운이 각자의 판돈을 40관까지 올리자…….

'도대체 무슨 생각인 거냐!'

도괴 도진욱조차 당혹감을 숨기지 못하고 있었다.

한데 그러던 그때였다.

'……!'

유신운의 오른 눈썹이 파르르 떨렸다.

상대가 좋은 패를 쥐었을 때 나오는 버릇이었다.

하지만 상대의 노출된 패는 일, 육, 구.

누가 보아도 썩 좋지 않은 패 구성이었다.

—육, 칠이오.

—구, 십입니다.

들려오는 제자와 고 첩형의 전음에도 도진욱은 도박에 집중할 수가 없었다.

'……아냐, 숨겨진 두 패를 볼 방법은 그 어떤 것도 없었어.'

그는 곧 돈을 잔뜩 잃은 놈이 해괴한 짓거리를 저지르는 것으로 생각을 일축했다.

보지도 않고 저런 막대한 돈을 걸다니.

저런 일은 도신(賭神)이 아니고서야 불가능한 일이리라.

촤락.

도진욱이 숨겨진 자신의 두 패를 깠다.

"팔(八)과 구(九)로 연 쌍검이오."

같은 숫자 두 개가 짝을 맞춘 쌍검이 두 개인 연 쌍검이었다.

나머지 세 사람이 탄식을 흘렸다.

다른 이들의 패는 모두 족보가 없는 숫자의 합패였기 때문이었다.

그와 동시에 모두의 시선이 한쪽으로 향했다.

남은 것은 오로지 유신운의 패뿐이었다.

"그럼 확인해 보지."

유신운이 숨겨진 두 패를 뒤집었다.

그리고 다음 순간.

"……!"

"마, 말도 안 돼!"

'이런 미친!'

도진욱을 포함한 네 사람의 눈동자가 터질 듯이 커졌다.

유신운의 숨겨진 두 패의 정체는…….

다름 아닌 오(五) 와 십(十)이었다.

그 말인즉.

"미안하게 됐군, 삼절검이야."

깔린 패인 일과 합쳐져 유신운은 쌍검보다 한 단계 위의
족보인 삼절검을 완성하였다.

–이게 대체 무슨 일이오!

–스, 스승님!

당황한 두 사람의 전음이 동시에 도진욱의 귓전에 꽂혔다.

"뭣들 하느냐! 얼른 돈부터 옮겨라!"

순간 유신운이 호통을 치자, 어리둥절하던 흑시의 수하들
이 금자를 유신운의 등 뒤로 옮겼다.

그 모습을 멍하니 지켜보던 도진욱의 머릿속에 패를 까기
전 황유신의 눈썹이 떨렸던 모습이 떠올랐다.

'……정말 확인할 방법이 있었단 말인가?'

그는 상대의 승리를 운이라고 치부하지 않았다.

도괴라는 이름을 얻게 한 그의 촉이 비상을 알리고 있었기
때문이었다.

어떤 방법인지는 모르겠지만, 상대는 분명히 자신에게 속
임수를 쓰고 있었다.

순간 물밀듯이 덮쳐 오는 치욕감에 도진욱은 탁자 아래에
서 주먹을 터질 듯이 움켜쥐었다.

'그래, 한 번은 속아 넘어갔지만 두 번은 없을 것이다.'

그는 동요하는 마음을 진정시켰다.

자신은 상대의 약점을 쥐고 있다.

그것을 연이어 되새기며 도진욱이 유신운에게 말을 건넸다.

"소당주, 정말 운이 좋구려. 그렇게 하고도 돈을 따다니 말이오."

"그러게나 말이야. 이 정도면 신의 뜻이 아닌가 싶군. 안 그런가?"

"……그 운이 이번 판까지 이어진다면 그렇겠지요."

그에 유신운은 말없이 입꼬리를 말아 올렸다.

착. 차착!

싸늘한 공기 속에서 패가 깔리기 시작했다.

역시나 유신운은 첫 패를 확인하지 않았다.

"90관."

유신운은 네 번째 패에서 엄청난 금액을 쏟아부었다.

고 첩형과 도진욱의 제자는 상상을 초월하는 판돈 때문에 등줄기에 식은땀이 줄줄 흐르고 있었다.

"받겠다."

"……받겠소."

"……저도 받겠습니다."

하지만 도진욱이 눈짓으로 무조건 들어가라고 명령하자,

그들은 울며 겨자 먹기로 돈을 걸 수밖에 없었다.

그렇게 도진욱이 마지막 다섯 번째 패를 확인했다.

'됐군.'

그가 겉으로는 티내지 않으며 속으로 회심의 미소를 지어
보였다.

육, 칠, 팔, 구, 십.

다섯 개의 숫자가 이어서 나온 연환검(連環劍)이 완성되어
있었다.

"저거, 설마……!"

"아니겠지?"

각자의 깔린 세 패를 확인한 이들이 소란스러웠다.

도진욱은 자신의 패 때문이라고 생각했지만.

'뭐지?'

그들은 또다시 황유신의 패를 보고 있었다.

"……!"

일일일.

도진욱은 연속된 숫자였지만, 황유신은 같은 숫자로 반복
되어 있었다.

도진욱이 요동치는 심장을 뒤로 하고 두 사람에게 다급히
전음을 보냈다.

-일패와 왕패를 가진 이가 있나?

-……십, 십. 없습니다.

―……칠, 십이오. 나도 없소이다.

그가 만든 연환검은 단 하나의 족보를 제외하고 모든 패를 이길 수 있었다.

'……설마 오천왕인가? 아냐, 말도 안 돼.'

오천왕(五天王).

일 패 넉 장과 왕패 한 장으로 이루어진 검패 최강의 패가 바로 그것이었다.

'……네놈 대체.'

도진욱이 유신운을 죽일 듯한 눈빛으로 노려보았다.

반면 유신운은 여유가 넘치는 모습으로 그런 눈빛을 받아 내고 있었다.

"자네는 연환검인 것 같은데……. 어떻게, 승부를 볼 배짱은 있으신가?"

"……오천왕이라도 쥔 것처럼 행세를 하시는구려. 제가 속을 것 같습니까?"

"속이긴 누가 속여? 그럼 들어오시든가. 지점 다섯 개를 주고 금자 200관을 더 걸지."

"……!"

그러던 그때, 무언가를 확인한 도진욱의 눈빛에 이채가 떠올랐다.

'허세다! 오천왕이 아니었어!'

그가 본 것은 유신운이 혀로 입술을 축이는 모습이었다.

그 버릇은 최악의 패로 허장성세를 부릴 때 나오는 행동이었다.

'네놈의 운, 내가 짓밟아 주마!'

"좋소, 전부 받으리다!"

승리를 직감한 도진욱이 승부를 받았다.

나머지 세 사람은 자신들이 낄 자리가 아닌 것을 알고 모두 패를 내려놓았다.

"……자, 그럼 확인하겠습니다."

숨 막히는 적막 속에서 두 사람이 자신들의 뒤집힌 두 패에 손을 가져가기 시작했다.

착! 차착!

그리고 마침내, 양쪽의 패가 모두 드러났다.

도진욱은 연환검.

그리고 유신운은…….

"……!"

"흐읍!"

네 사람이 동시에 헛숨을 내뱉었다.

일 넉 장과 왕패.

오천왕이었다.

털썩.

"마, 말도 안 돼."

도진욱은 얼굴이 하얗게 질린 채 바닥에 주저앉고 말았다.

유신운이 이제 표정에 비소를 숨기지 않으며 얼음장처럼 차가운 목소리로 말을 꺼냈다.

"뭐가 말도 안 된다는 거지?"

"네놈, 네놈이 분명히 혀로, 혀로 입술을…….."

그때, 충격에 제대로 말조차 하지 못하는 상대에게 유신운이 한마디를 내뱉었다.

"잘 알아 두라고. 믿는 순간 속기 시작하는 거라는 사실을."

'모든 것이 이놈의 계획이었어.'

도진욱은 사악한 미소를 짓고 있는 상대를 보며 뒤늦게 모든 사실을 깨달았다.

처음으로 겪는 완벽한 패배에 그는 마치 벼락에 맞은 것처럼 몸이 뻣뻣이 굳었다.

크나큰 충격에 조금도 몸을 움직일 수 없었다.

하지만 그가 그러거나 말거나 유신운은 시선을 돌려 어쩔 줄 모르고 있는 흑시 무사들에게 말을 꺼냈다.

"뭣들 하고 있나? 네놈들의 주인이 판돈을 모두 탕진한 것 안 보이느냐? 얼른 금자들을 내 쪽으로 모두 옮겨 놓도록."

그의 말대로 유신운이 내건 판돈은 도진욱을 파산시켰다.

그러나 도진욱의 금자들은 모두 흑시의 자금이나 마찬가지였기에 무사들은 눈치만 살필 뿐 어찌할 바를 모르고 있었다.

그때 자신에게 쏠린 시선에 퍼뜩 정신이 돌아온 도진욱이 살기 어린 눈빛으로 유신운을 노려보았다.

"……그리할 수는 없지."

채챙!

채채챙!

도진욱의 싸늘한 한마디에 흑시의 무사들이 모두 무기를 꺼내 들었다.

자신의 패배가 알려지는 순간 혈교에서 엄중한 문책이 내려올 것은 자명한 일.

'최소한 없던 일로 만들어야 해. 동창 놈은 어떻게든 돈으로 회유한다.'

도진욱은 살인멸구로 모든 일을 덮기로 결정하였다.

"이, 이게 무슨 짓이오?"

상황을 전혀 모르고 도박판에 휩쓸린 사내 한 명만이 이상하게 돌아가는 상황에 당황하고 있었다.

"나, 나는 이 돈 다 필요 없소. 그, 그만 가 보겠소."

그는 돈도 챙기지 않고 다급히 자리에서 일어나 바깥으로 빠져나가려 했지만.

쿠웅!

쿵!

그 순간, 유일한 출입구가 두꺼운 강철로 된 철벽으로 가로막혔다.

파밧!

푸욱!

"끅!"

그러고는 순식간에 접근한 흑시 무사 하나가 서슬 퍼런 칼날로 그의 배를 꿰뚫었다.

사내는 부릅 뜬 눈 그대로 바닥에 허물어졌다.

"그래, 차라리 이게 나을 수도 있겠군. 어차피 저놈의 목을 꺾고 싶었던 건 나도 마찬가지니까."

대충 돌아가는 상황을 알아차린 고 첩형이 비릿하게 한쪽 입꼬리를 말아 올리며 말했다.

파바밧!

촤아아!

그 말과 함께 순식간에 장내에 있던 모든 이들이 유신운을 포위했다.

수많은 적들이 자신에게 칼날을 들이미는데도 놀란 기색 하나 없는 유신운을 보며 도진욱이 말했다.

"놀라지 않는 걸 보니 역시 모두 알고 있었나 보군."

"뭐? 네놈들이 전부 한패라는 거? 아니면……."

유신운이 아무것도 없는 허공에 손을 뻗었다.

우우웅!

스르릉!

"……!"

'저게 무슨?'

허공에 생긴 아지랑이에서 정체를 알 수 없는 대겸(大鎌)이 모습을 드러내자, 도진욱을 포함한 모든 이들이 당혹감을 숨기지 못했다.

하지만 그 놀람도 유신운이 끝맺은 말에는 미치지 못했다.

"너희들이 전부 쳐 죽일 혈교의 개라는 거?"

"……!"

도진욱이 어떻게 자신들의 정체를 알고 있는지 물으려는 찰나.

스아아!

콰아아!

유신운의 전신에서 이전과는 비교도 할 수 없는 막대한 기운이 파도처럼 뿜어져 나오기 시작했다.

유신운은 순식간에 끌어 올린 조화신기로 스킬을 시전했다.

"팬텀 카니발."

촤아아!

콰가가가!

시동어를 내뱉은 순간, 유신운의 발치에 있던 그림자가 격렬하게 맥동하기 시작했다.

파아앗!

콰아아!

순식간에 몸집이 커지며 거인의 그것처럼 변모한 그림자가 적들을 향해 휘몰아쳤다.

"오, 온다!"

"마, 막아!"

자신들을 향해 덮쳐 오는 그림자의 맹폭에 도진욱을 포함한 흑시 무사들이 소리를 질렀다.

'호철방의 소방주가 아니었나? 저놈 대체 정체가 뭐야?'

도진욱과 고 첩형 또한 복잡한 머릿속을 정리하지도 못한 채, 그림자를 향해 검을 휘둘렀다.

하지만 그들의 반격은 너무도 허무하게 끝이 났다.

스으윽!

"……!"

'검을 그대로 통과한다고?'

상대가 흩뿌린 그림자가 검사(劍絲)를 두른 그들의 검을 그대로 통과해 버린 것이었다.

가만히 있다간 사혈이 꿰뚫릴 것을 직감한 두 사람은 급히 몸을 회전하며 간신히 공격을 회피했다.

푸욱!

푸푹!

"크아악!"

"끅!"

하지만 두 사람에 비해 무위가 현저히 떨어지는 흑시 무사들은 파고드는 그림자의 속도를 이겨 내지 못했다.

날카로운 송곳의 형상이 된 그림자는 그들의 몸에 커다란 바람구멍을 만들어 놓고 있었다.

털썩.

절명하여 바닥에 엎어진 적들의 눈에는 흰자만이 남아 있었다.

하나 유신운이 공격한 것은 그들뿐이 아니었다.

쿠우웅!

쿠웅!

시끄러운 소음과 함께 천장에서 거대한 덩어리들이 떨어져 내렸다.

검은 피풍의로 온몸을 감싼 시체들이었다.

천장에 숨은 흑시 무사들 또한 혈교의 본단에 정보를 알릴 가능성이 있었기에 섬멸해 버린 것이었다.

단 한 번의 공격에 오십에 가까웠던 무사들의 숫자가 반절로 줄어들었다.

"모두 정신 차려라! 적은 단순한 술법사일 뿐이다!"

도진욱이 이를 악물며 소리쳤지만, 수하들의 동요는 사라지지 않았다.

'젠장!'

순간 도진욱과 유신운의 눈이 허공에서 마주쳤다.

순식간에 상황이 역전된 상태, 유신운이 피식 웃으며 말을 꺼냈다.

"정석대로라면 도박의 패자는 쇠망치로 손목을 분질러 줘야 하지만."

우우웅!

우웅!

유신운의 말이 끝남과 동시에 융독겸의 날 끝에 반딧불 같은 자그마한 기의 구체가 연이어 떠올랐다.

흑골화 스켈레톤이 사용하던 소검환(小劍丸)이었다.

그간의 수련으로 유신운 또한 녀석들의 힘을 터득해 놓은 상태였던 것이다.

"뭐 아쉬운 대로 가볍게 목을 잘라 주는 거로 대신해 주지."

'거, 검환? 술법사가 아니었다고?'

파바밧!

비뢰신을 발휘한 전광석화처럼 앞으로 달려 나갔다.

"죽엇!"

"흐아앗!"

쌔애액!

마치 공간을 접어 달리는 것처럼 유신운이 찰나 만에 자신들의 코앞까지 당도하자 흑시 무사들이 다급히 검을 휘둘렀다.

하지만 그들의 검보다 유신운의 융독겸이 한 발 더 빨랐다.

뇌운십이검 신운류.

변초 겸형(鎌形).

독겸단횡(毒鎌斷橫).

본래 초승달 모양의 겸풍을 쏟아 내는 독겸단횡이지만, 소검환으로 쏟아 내는 참격은 이전의 파괴력과 비교할 바가 아니었다.

콰가가가!

콰아아!

"크아악!"

"끅!"

융독겸의 날 끝에서 소검환들이 맹렬히 회전하며 적들을 말 그대로 짓이겨 버리고 있었다.

잘게 갈린 고깃덩이가 된 흑시 무사들의 시체가 피 분수를 일으키며 주변에 널브러졌다.

현재 유신운의 모습은 수라(修羅) 그 자체였다.

"크윽! 상대는 현경의 무인이다! 모두 은총의 힘을 개방해!"

눈앞에 펼쳐진 참극에 눈빛이 흔들리던 도진욱이 수하들에게 커다랗게 소리쳤다.

두두둑!

그그극!

그의 말이 끝난 순간, 오염된 마나를 흩뿌리던 흑시 무사들의 몸이 풍선처럼 부풀어 오르기 시작했다.

옷을 터뜨릴 정도로 커다랗게 부푼 근육에 외형이 흉측하게 바뀌어 있었다.

날카롭게 튀어나온 앞니는 멧돼지의 그것과 같았다.

붉게 물든 피부색과 외형을 본 유신운은 적들이 어떤 몬스터의 힘을 사용하는지 쉽게 알 수 이었다.

일반적인 오크보다 상위 개체로 분류되는 블러디 오크였다.

블러디 오크의 강점은 웬만한 몬스터는 아귀힘으로 찢어 버리는 육체 능력과 항마력이었다.

하지만 안타깝게도 그 힘들은.

"크아악!"

"끄극!"

유신운에게 가장 위협적이지 않은 능력들이었다.

치이이익!

끄르륵!

융독겸의 힘과 융합된 소검환에는 극렬한 독기가 차올라 있었다.

폭사되는 독기는 블러디 오크의 피부를 뚫고 안쪽부터 그대로 녹여 버렸다.

블러디 오크들이 온몸이 녹아내리는 극한의 고통에 몸부림치다 결국 검붉은 핏물로 화했다.

─도 단주! 이대로 보고만 있을 거요!

—스, 스승님!

이제 손가락으로 셀 수 있을 만큼밖에 수하들이 남지 않자, 그제야 위기를 직감한 고 첩형과 제자가 도진욱에게 전음을 보내왔다.

'위, 위험하다! 쓸 수 있는 힘은 모조리 써야 해!'

그 또한 등줄기에 소름이 돋는 것을 느끼며 끝까지 미루었던 최후의 방법까지 사용하기로 결정했다.

철컥.

한쪽 벽으로 물러난 도진욱이 숨겨져 있던 지렛대를 아래로 내렸다.

두두두!

드그극!

그러자 굳게 닫혔던 벽이 양쪽으로 열렸고.

—크에에!

—크르르!

그 안쪽에서 숨겨 두었던 스무 구에 달하는 요괴 강시들이 모습을 드러내었다.

"저놈을 죽여라!"

파바밧!

파밧!

도진욱이 요괴 강시들에게 소리치자 놈들이 일제히 유신운에게 달려들었다.

사람의 형상을 하고도 네발로 움직이는 그들은 짐승의 형상 그 자체였다.

　자신을 향해 이빨과 발톱을 들이미는 요괴 강시들을 향해 유신운이 융독겸을 휘둘렀다.

　까가강!

　까강!

　낫과 발톱이 부딪쳤음에도, 강철이 맞부딪친 것과 같은 쇳소리가 울려 퍼졌다.

　요괴의 힘인 요력과 내기를 함께 사용하는 요괴 강시들의 힘은 블러디 오크 전원의 힘을 합친 것과 같았다.

　스무 마리의 요괴 강시들이 유신운을 둘러싸고 맹공을 퍼붓기 시작했다.

　유신운은 한 줄기 선풍처럼 움직이며 공격들을 회피하고 있었지만, 이전과 같은 치명상은 녀석들에게 입히지 못하고 있었다.

　'됐다!'

　그 모습을 보며 도진욱이 쾌재를 불렀다.

　공방이 이어질수록 유신운의 패색이 짙어졌기 때문이었다.

　"죽여 주마!"

　요괴 강시의 힘이 통한다는 것을 깨닫자, 멀찍이서 사태를 관망하고 있던 도진욱이 자신감을 얻고 유신운에게 달려 나갔다.

화르르!

화륵!

그의 진신절기인 백염호화공(白炎浩火功)이 발휘되자 그의
전신에서 흰 불꽃이 타오르기 시작했다.

그리고 곧 그 불꽃은 그가 쥔 검에 옮겨 붙어 맹렬히 타올
랐다.

처척!

촤악!

순간 네 마리의 요괴 강시들이 죽음을 각오하고 유신운의
양팔과 양다리를 붙잡았다.

그렇게 요괴 강시들이 만든 틈으로 도진욱이 파고들었다.

"화엄신광(火嚴神狂)!"

그러고는 도진욱은 자신이 발휘할 수 있는 최고의 절초를
유신운에게 쏟아 내었다.

거대한 불꽃의 파도가 유신운에게 내리꽂히던 그때.

"……!"

그의 눈에 들어온 것은 유신운이 짓고 있는 환한 미소였
다.

치이이익!

치이이!

매캐한 연기를 뿜어내며 유신운의 팔다리를 붙들고 있던

네 마리의 요괴 강시가 독기에 녹아내렸다.

그랬다. 여태껏 유신운은 궁지에 몰린 것이 아니었다.

그저 덫을 놓기 위해 위기에 처한 척 연기한 것뿐이었다.

'또 속았……!'

도진욱의 뇌리에 스친 마지막 생각과 함께.

서거걱!

장내에 섬뜩한 절삭음이 울려 퍼졌다.

투둑.

부릅 뜬 눈 그대로 몸에서 떨어진 도진욱의 수급이 바닥을 뒹굴었다.

촤아악! 콰가가가!

다시금 전력을 발휘하기 시작한 유신운에 의해 요괴 강시들이 급속도로 처치되기 시작했다.

그 처참한 광경을 멍하니 바라보던 고 첩형이 퍼뜩 정신이 돌아왔다.

어느새 주변에 살아남은 사람은 열 명이 채 되지 않았다.

'도, 도망쳐서 제독께 놈에 대해 알려야 해.'

그가 뒤를 돌아 전력으로 경공을 발휘했다.

아니, 발휘하려 했다.

처척.

"히익!"

느닷없이 눈앞에 등장한 유신운에 고 첩형이 식겁하며 뒤로 나자빠졌다.

"어딜 가려고?"

"으, 으아아!"

공포에 이성을 상실한 고 첩형이 재빨리 몸을 일으키며, 천음귀라수(天陰鬼羅手)를 유신운에게 뻗었다.

휘익.

하지만 유신운은 너무도 가볍게 녀석의 공격을 피해 냈다.

쿠웅.

몸의 균형이 무너진 고 첩형은 다시 바닥에 흉하게 널브러졌다.

"으으, 끄으으……."

유신운을 올려다보는 고 첩형은 전의를 완전히 상실해 있었다.

스아아아.

콰아아.

순간 유신운의 전신에서 흉악하기 그지없는 기운이 일렁이기 시작했다.

"이곳을 지우는 것으로 전쟁의 시작을 알리겠다."

그리고 유신운의 한마디와 함께.

서거걱!

고 첩형 또한 죽음을 맞이했다.

4장

으아아악!

끄아악!

"……!"

계획된 모든 일을 마치고 오침에 빠져 있던 양인홍은 갑작스럽게 들려오는 비명에 퍼뜩 잠에서 깨어났다.

투다다다!

그가 제대로 정신을 차리기도 전에 방 바깥이 소란스러워지더니, 곧 수하가 문을 벌컥 열고 들어왔다.

"다, 단주님. 급히 나와 보셔야 할 것 같습니다! 비, 비상 사태입니다!"

금황상단에서부터 자신을 보필해 온 수하는 생전 처음 보는 표정을 하고 있었다.

'도대체 무슨 일이지?'

알 수 없는 불안감을 느끼며 그가 급히 방을 빠져나왔다.

그러자 진한 혈향(血香)이 그의 코끝을 찔러 오기 시작했다.

"사, 살려 줘!"

"끄극!"

흑시를 찾은 이들이 사지가 찢기고 입에서 핏물을 토하며 죽어 나가고 있었다.

크아아!

크르르!

'어, 어찌 요괴 강시가 날뛰고 있는 거지?'

참혹한 살육극을 만들고 있는 것은 다름 아닌 요괴 강시들이었다.

통제 불능의 상태가 된 요괴 강시들이 사람을 찢어발기며, 말 그대로 미쳐 날뛰고 있었다.

흑시 무사들이 어떻게든 그들을 막으려 하고 있었지만, 한눈에 보기에도 양쪽의 힘의 격차가 월등히 나고 있었다.

"……어떻게 된 일인지 지하 연구실의 요괴 강시들이 전부 풀려났습니다. 모두가 제어가 불가능한 폭주 상태입니다. 막을 방법이 아무것도 없습니다."

수하가 양인홍에게 최악의 사태임을 알렸다.

두 사람 모두 비밀 창고에 철저히 가두어 놓은 요괴 강시들이 왜 풀려났는지 조금도 짐작하지 못하고 있었다.

그들의 봉인을 해제한 자는 당연하게도 천서린이었다.

도진욱을 처치하자마자 유신운은 계획을 개시하라는 신호를 보냈고, 천서린은 그 즉시 창고에 잠들어 있던 모든 요괴 강시들을 일깨운 후 방출시킨 것이었다.

하지만 그런 사실을 알 길이 없는 양인홍은 그저 손톱을 깨물며 이 상황을 어떻게 수습해야 할지 고심할 따름이었다.

'……이 일을 대체 어찌한담?'

그는 빠르게 머리를 굴렸다.

한발 앞선 판단력이 그를 이 자리까지 오르게 만든 원동력이었다.

요괴 강시들과 전투를 벌인다면 필시 현 병력의 8할 이상은 궤멸할 것이 분명했다.

그렇게 되면 수습을 한다고 해도 수습이 아니게 되고 말았다.

그의 눈이 차갑게 가라앉았다.

'……혈교의 절진이 펼쳐져 있는 한, 이곳이 외부에 드러나는 일은 없다. 자금만 챙겨 후퇴하는 것이 상책이다.'

그는 이곳을 버리기로 했다.

폭주한 요괴 강시들을 통제할 방법 따위는 존재하지 않았다.

괜한 피해를 만들어 곧 결전을 치러야 할 병력들을 희생시키느니, 어차피 죽여야 했던 놈들을 제물로 바치고 챙길 것을 빨리 챙기는 것이 맞는 선택이었다.

양인홍이 곁에서 초조해하고 있는 수하에게 말을 꺼냈다.

"현재 흑시의 보유 자금은 창고에 그대로 있나?"

"……아닙니다. 도괴님께서 거행하는 도박전을 위해 그곳의 전각에 모두 옮겨 놓은 상태입니다."

'이런!'

양인홍이 아쉬움에 침음을 흘리곤 말을 이어 나갔다.

"한시가 급하다. 현재 방어에 치중하고 있는 병력을 모두 물리고, 전원 전각으로 이동해 자금을 확보한다."

"존명!"

그렇게 양인홍이 하달한 명령은 빠르게 흑시 무사들에게 전파되었다.

흑시 무사들이 일사불란하게 움직이며 전투에서 이탈하기 시작했다.

"이봐! 어, 어디 가는 거야!"

"제발 진법이라도 해제시켜 달라고!"

"끄아아악!"

그러자 막아 주는 이가 사라진 방문객들은 요괴 강시들에게 더욱 처참히 도륙당하기 시작했다.

비명이 연이어 쏟아졌지만 흑시 무사들은 바짓가랑이를 붙잡는 방문객들을 모조리 베어 넘기며 도박전이 열리는 전각으로 이동했다.

그런데 잠시 후, 전각에 도착한 이들의 표정에 당혹감이 떠올라 있었다.

'……긴급 상황에만 사용하는 금문(禁門)이 왜……?'

입구를 가로막고 있는 굳센 철벽 때문이었다.

양인홍의 표정이 딱딱하게 굳었다.

지금 발생한 일련의 소요가 안쪽에서의 사태와 연관이 있을 것이라는 직감이 든 것이다.

"열어라!"

철컥!

드드득!

양인홍의 명령에 수하가 장치를 조작하자 철문이 다시금 위로 올라갔다.

그리고 숨겨져 있던 방 안의 모습이 그들에게 드러났다.

"……!"

"뭐, 뭐야?"

수많은 사체들이 바닥을 뒹굴고 있었다.

흑시 무사들을 물론, 요괴 강시들의 사체까지 널브러져 있자, 그들은 그 자리에 얼어붙었다.

"저건!"

"도, 도괴님!"

뒤늦게 도진욱의 시체를 발견한 그들이 할 말을 잃은 그때.

"역시 돈을 찾으러 올 줄 알았지."

폐허가 된 그곳에서 누군가의 목소리가 들려왔다.

'……!'

목소리가 들려온 방향으로 고개를 돌린 그들의 눈이 터질 듯 커다랗게 확장되었다.

"너, 너는?"

도괴가 모든 것을 뜯어낼 호구로 낙점한 황유신이 그들을 여유롭게 바라보고 있었다.

'아아!'

한쪽 입꼬리를 비틀며 비소를 짓는 그를 보며 양인홍은 그제야 이 사태의 뒤에 누가 있었는지 깨달을 수 있었다.

"포기하는 게 좋을 거야. 미안하지만 네놈들에게는 노잣돈 한 푼도 안 챙겨 줄 생각이니까."

"……네놈의 짓이었나?"

"이런, 너무 늦게 알았군. 이미 전부 빼앗겨 놓고 말이야."

유신운의 말에 양인홍의 머릿속이 복잡해졌다.

'……이대로 자금을 회수하지 못하고 돌아갔다간 그대로 목이 날아갈 것이 분명해. 어떻게든 돈을 되찾아야 한다.'

"쳐라!"

파바밧!

파밧!

양인홍의 말이 끝나자마자 흑시 무사들이 유신운에게 전

부 달려들었다.

제 무덤인지도 모르고 자신을 향해 달려드는 파리 떼를 보며 유신운이 쯧, 하고 혀를 찼다.

그 순간, 유신운의 전신에서 순마기가 퍼져 나오기 시작했다.

성도 외곽에서 발생한 의문의 폭발로 인해 구경꾼들이 구름떼처럼 잔뜩 모여 있었다.

"이게 무슨 일이야, 대체?"

"아니 어제까지만 하더라도 저곳은 텅 빈 공터였는데……."

그들은 갑자기 폭발과 함께 모습을 드러낸 의문의 장원에 놀람을 금치 못하고 있었다.

하지만 수많은 구경꾼들 중 어느 누구도 감히 장원의 문을 열지 못했다.

그 안에서 풍겨 오는 진한 피비린내와…….

크아아!

캬오오!

인간의 것이 아닌 울음이 그들의 발을 묶기에 충분했기 때문이었다.

두두두!

그때, 그들의 뒤쪽에서 시끄러운 발소리가 울려 퍼졌다.

사천당가에도 모습을 비춘 적이 있던 성도의 관군들이 모습을 드러낸 것이다.

"비켜라!"

도착한 관군들은 구경꾼들을 헤치고 앞으로 나아갔다.

갑자기 모습을 드러낸 장원을 확인한 말단 관인들의 표정은 구경꾼들의 그것과 별반 다르지 않았다.

'젠장, 이게 대체 무슨 일이야?'

오직 관군들을 이끄는 지휘관만이 초조함을 감추지 못하고 있었다.

그는 이곳의 제대로 된 정체를 알고 있었다.

그럴 수밖에 없었다.

이곳의 부지를 사파련에 건네주고 주변의 살던 주민들을 내쫓은 인물이 바로 그였으니까.

지휘관이 슬쩍 주변을 둘러보고는 입안의 살을 씹었다.

'빌어먹을! 보는 눈이 너무 많다. 이곳이 흑시라는 사실이 밝혀지면 난 끝장이야.'

"진입하겠습니다."

하지만 그런 그의 마음을 모르는 수하들이 긴장한 기색이 역력한 모습으로 굳게 닫혀 있던 장원의 문을 열었다.

그리고 그 순간.

짐승에게 물어뜯긴 것 같은 수많은 참혹한 시체들이 드러 났다.

'이런 미친!'

펼쳐진 참상을 목도한 지휘관은 속으로 욕지거리를 내뱉 었다.

"……!"

"허억!"

"저, 저게 뭐야?"

그리고 그 장면을 확인한 것은 관군들뿐만이 아니었다. 자 리하고 있던 구경꾼들 모두가 똑똑히 본 것이다.

하지만 지휘관이 제정신을 차리지 못할 정도로 놀란 까닭 은 시체들 때문이 아니었다.

"으아아아!"

"요, 요괴다!"

그건 바로 요괴와 인간을 반으로 섞은 것만 같은 기괴한 모습의 괴물들이 장원에 가득했기 때문이었다.

'이, 이 정신 나간 놈들! 이걸 어떻게 수습을 하라는 거냐!'

채챙!

채채챙!

지휘관이 어찌할 바를 모르고 있던 그때, 관군들이 창을 꼬나들며 방진을 구축했다.

"모두 전투를 준비하라!"

"양민들을 지켜라!"

하지만 일촉즉발의 위기라 생각했던 상황은 금세 일단락 되었다.

"……잠깐만."

"저놈들, 다시 보니……."

처음에는 당황해서 알아차리지 못했지만, 요괴들이 전부 강철로 된 쇠사슬에 사지가 구속이 된 상태였다.

'이게 대체 어떻게 된 거야?'

지휘관을 포함해 모든 이들이 당혹감을 숨기지 못하던 그 때.

터벅터벅.

폐허가 된 전각 중 한 곳에서 정체를 알 수 없는 한 사람이 모습을 드러내었다.

'……의원?'

의복을 입고 있는 모습을 보며 지휘관이 고개를 갸웃했다.

하지만 곧 그의 의문은 금세 해결되었다.

"앗! 저자는!"

"소신의다!"

멀리서 상황을 지켜보던 구경꾼들이 사내의 정체를 대신 알려 주었기 때문이었다.

"……네놈이 이 사태를 만든 장본인이냐?"

"예, 제 이름은 유의태. 이곳의 참상을 전해 듣고 진상을 밝히기 위해 왔습니다."

유신운이 당당히 말을 꺼내자 지휘관의 손이 부르르 떨렸다.

"······참상이라니, 무슨 말이냐."

"이곳은 흑시. 그리고 저 괴이(怪異)들은 그들이 만든 인간과 요괴의 혼합체입니다."

'흑시'라는 이름이 나오자 구경꾼들이 웅성대기 시작했다.

지휘관은 눈앞이 캄캄해지는 것 같은 절망을 느꼈다.

"흐, 흑시라니, 그게 무엇이냐?"

"사파련에서 운영하는 불법 시장입니다. 그들은 마약, 인신매매, 개조한 요괴에 이르기까지 온갖 패악무도한 짓을 벌이고 있었습니다."

─몰라서 묻는 거냐? 네가 앞장서서 이곳을 북리겸에게 넘겨줬잖아.

"······!"

유신운은 구경꾼들이 지켜보는 앞에서 예의를 갖추며 대답하는 동시에 전음을 보내 지휘관을 뒤흔들었다.

"사파련?"

"방금 소신의가 사파련이라고 했어?"

유신운의 입에서 '사파련'이라는 이름까지 나오자 구경꾼들의 웅성거림이 더욱 커졌다.

그 모습을 지켜보던 유신운이 방점을 찍었다.

"사파련이 흑시를 운용했다는 증거와 증인입니다."

그가 품에서 종이 뭉치를 꺼냄과 동시에 전각에서 포박된 한 사람을 데리고 나왔다.

폐인의 몰골이 된 채 질질 끌려오는 그는 다름 아닌 양인 홍이었다.

멸절 사태와 마찬가지로 유신운에 의해 정신이 완전히 장악된 상태였다.

'……!'

지휘관은 수하가 건네준 상대의 증거를 보고는 자리에 주저앉을 뻔하였다.

서류에는 흑시의 운영을 사파련이 주도했다는 명백한 단서들이 모두 기재되어 있었다.

'이, 이놈 전부 알고 있다! 어, 어떻게 해야 하지?'

머릿속이 새하얗게 변한 지휘관은 아무런 말도 하지 못했다.

아무리 사파련의 힘이 강하다 한들, 보는 눈이 이렇게나 많고 명확한 증거가 있는데 이것을 없던 일로 만들 수는 없었다.

상부에 자신이 연루된 것을 이야기하는 순간, 자신뿐 아니라 구족까지 멸하게 될 것이기 때문이었다.

그가 두려움에 이를 달달 떨던 그때, 귓전에 상대의 전음이 울려 퍼졌다.

─당장 사파련을 징벌 대상으로 선포하고 나에게 적극 협조해라. 그러

면 네놈의 목숨만은 부지하게 해 주지.

─아, 알겠소.

선택의 여지 따위는 없었다.

지휘관이 사파련을 버리고 유신운의 손을 잡았다.

그의 표정에는 지푸라기를 잡은 듯한 희망이 떠올라 있었
다.

'멍청한 놈.'

그러나 유신운은 속으로 그런 그를 비웃었다.

혈교와 손을 잡은 쓰레기를 봐줄 만큼 유신운은 착하지 않
았다.

이용할 대로 이용한 후 철저하게 짓밟을 생각이었다.

그렇게 유신운이 관을 무용지물로 만든 그 순간.

동시에 다른 두 곳에서도 유신운의 병력이 움직이기 시작
했다.

아미산(峨嵋山) 금정봉(金頂峰).

"이게 무슨 짓이오!"

"이 무슨 해괴한 짓들인가!"

평소 고요함만이 가득하던 복호사(伏虎寺)에 연신 고함이
울려 퍼지고 있었다.

아미파의 무인들이 당황한 기색이 역력한 모습으로 일단의 무리를 경계하고 있었다.

아미파의 산문에서는 그 누구라도 해검(解劍)을 해야 하는 것이 예의이건만, 그들은 해검은커녕 발검까지 한 채 그들을 노리고 있었다.

당장이라도 전투가 벌어질 것 같은 일촉즉발의 상황이었다.

평소 같으면 이 무례하기 짝이 없는 작자들에게 아미파의 힘을 보여 주었겠지만…….

'젠장, 상대의 인원이 너무 많다. 게다가 전력 차이가 심각해.'

'……왜 당가에서 우리를? 장문인께서 분명 완벽히 장악했다고 하였거늘.'

아미파의 무인들이 섣불리 달려들지 못하는 이유는 간단했다.

그들에게 살기를 흩뿌리는 이들이 사파의 세력도, 마교의 마인도 아닌 같은 무림맹의 일원인 사천당가와 청성파의 무인들이었기 때문이었다.

파바밧!

촤아아!

그때 한줄기의 선풍(旋風)과 함께 나이를 지긋이 먹은 한 여승이 나타났다.

멸절사태가 부재한 동안 아미파를 대리하여 이끌고 있는 아미파의 대장로 호연신니였다.

그녀는 살벌하기 그지없는 기운을 적들에게 폭사하며, 화를 눌러 담은 목소리로 말을 꺼냈다.

"청성과 당가가 탈맹(脫盟)의 의사를 표했다고 하더니, 이제 정말 눈에 뵈는 것이 없는 모양이로구나! 감히 아미의 산문에서 검을 빼 들다니!"

한데 그때 청성의 무인들을 헤치고 한 중년 도사가 앞으로 걸어 나왔다.

청성파의 장문인, 능풍검협(凌風劍俠) 정문(正文)이었다.

"허어, 지금 뭐라 했습니까? 이곳이 정녕 아미파란 말입니까?"

고개를 갸우뚱하며 뚱딴지같은 소리를 내뱉는 정문을, 호연신니는 미간을 찌푸린 채 노려보았다.

하나 정문은 그런 것은 조금도 신경 쓰지 않고 곁으로 걸어 나오는 당가의 가주 당소정에게 말을 건넸다.

"당 가주, 이거 아무래도 우리가 한참 잘못 온 것 같습니다. 우린 분명히 이곳을 혈교의 분타로 전해 듣고 왔는데 말입니다."

"그러게나 말이에요. 우리가 착각했나 보네요."

"......!"

정문의 입에서 '혈교'라는 이름이 나오자 호연신니를 포함한 모든 아미파의 무인들이 경악을 감추지 못했다.

이건 말도 안 되는 일이었다.

대계가 진행되기 전임에도 혈교의 존재를 알아차린 이가 있다니.

호연신니는 연신 가슴이 쿵쾅거리고 있었지만 애써 진정하며 태연한 척 말을 이어 나갔다.

"……혈교라니 무슨 말인지 모르겠군. 그따위 허무맹랑한 헛소리를 누가 지껄였는지는 모르나……."

"누구긴 누구겠느냐?"

그러나 당소정은 그녀의 말을 단박에 끊어 버리며 수하에게 고갯짓했다.

그러자 당가의 무인이 한 사람을 질질 끌고 나왔다.

"으으, 흐으……."

그는 한눈에 보기에도 정상적인 상태가 아니었다.

산발한 백발에 풀린 동공으로 침을 질질 흘리고 있었다.

그 참혹한 몰골에 호연신니를 포함한 아미파의 무인들은 그자가 누구인지 뒤늦게 알아차렸다.

"……!"

"자, 장문인!"

그랬다.

당가의 무인이 끌고나온 이는 다름 아닌 멸절사태였던 것이다.

모든 이용 가치가 사라지자 멸절사태에게 걸어 두었던 정신 주박은 사라졌다.

하지만 사라지는 것으로 끝나는 것은 아니었다.

이미 그녀의 전신을 파고든 유신운의 음의 마나는 멸절사태를 폐인의 몰골로 만들어 버렸다.

"으으, 흐히……."

'아아, 당가를 장악했다는 것이 모두 적의 농간이었단 말인가!'

호연신니는 멸절사태의 참담한 모습을 보는 순간 이것이 어떻게 된 상황인지 깨달았다.

"네놈들의 사악한 계획은 만천하에 드러났다! 모두 포기하고 투항하는 것이 좋을 것이다!"

정문이 소리치자 청성의 무사들이 모두 기운을 쏟아 내며 한 발 앞으로 걸어 나왔다.

그 막대한 중압감에 아미파 무인들의 동요가 커지자, 호연신니가 찢어지는 목소리로 말했다.

"살인멸구하여 모든 일을 덮는 것만이 우리의 살길이다! 제자들은 모두 은총의 힘을 사용하라!"

그 말과 함께 정신을 차린 아미파의 제자들이 마의 힘을 사용하기 시작했다.

흉측한 모습으로 변모해 가는 적들을 보며, 정문은 놀란 마음을 숨기지 못했다.

'당 가주의 말이 정녕 사실이었구나! 아미파가 이리 악에 물들었을 줄이야……!'

정문은 아직도 얼떨떨했다.

어젯밤 청성산에 날아든 '그것'의 출현과 그것에서 내린 당가의 무인들의 모습이 눈에 아른거렸다.

당소정은 소신의가 전해 주었다는 환약으로 소제자들에게 퍼지고 있던 원인 모를 병을 치료해 준 후 모든 사실을 알려 주었다.

이 병이 어디에서 기인했는지, 그리고 자신들의 진정한 적이 누구인지.

처음에는 믿기 힘들었지만, 직접 보면 알 것이라는 그녀의 말에 청성의 정예들을 대동한 채 '그것'의 등에 올랐다.

'이 모든 일을 진두지휘했다는 소신의 그리고 유신운은 대체 어떻게 된 이들이란 말인가.'

정문이 검세를 가다듬으며 속으로 생각했다.

그런 찰나, 당소정과 당가의 무인들은 살기등등한 모습으로 적들에게 다가서고 있었다.

그들 전원에게서 풍기는 기운에 같은 편인 청성의 무인들마저 움찔할 정도였다.

"이곳이 네놈들의 무덤이 될 것이다!"

투다다!

타닷!

순간 변신을 마친 호연신니가 거친 포효를 내뿜으며 당소 정에게 달려들었다.

"잘되었다. 네놈들이 그대로 투항해 오면 어쩌나 내심 걱정했다."

촤르륵!

촤아아!

그녀의 손에 수많은 암기들이 펼쳐졌다.

"네놈들에게 산지옥이 무엇인지 보여 주마."

자식에게 참혹한 고통을 준 상대와 직면한 부모의 분노가 폭발하고 있었다.

　　　　　　　　　✤

사천성 간양(簡陽)은 성도의 지근거리에 위치한 특성 때문에, 평소에도 수많은 상단이 드나들었다.

그런데 오늘은 특히 그 숫자가 더 많았다.

성시 전체가 붐빈다는 느낌이 들 정도였다.

이렇게나 많은 사람이 모이게 되면 필연적으로 소란이 발생하기 마련이지만, 간양에서는 어떠한 사고도 일어나지 않았다.

간양은 사파련의 전초기지나 마찬가지이기 때문에 사파련의 무사들이 완벽히 통제를 하고 있었기 때문이었다.

한데 사파련 무사들이 철통같이 삼엄한 경계를 펼치고 있던 그때였다.

피유웅! 퍼펑!

느닷없이 간양의 모든 곳에서 들을 수 있을 정도의 폭음이 들려왔다.

당황한 사파련의 무사들이 하늘을 올려다보자.

"뭐, 뭐야?"

"……저게 무슨?"

폭죽이 터지며 하늘에 형형색색 수를 놓고 있었다.

그렇게 사파련의 무사들은 영문 모를 상황에 당혹스러워하고 있었지만, 폭죽을 확인하고 긴밀하게 움직이는 존재들도 있었다.

간양의 중심에 위치한 한 객잔.

"가주님의 신호입니다. 계획을 진행하겠습니다."

부행주로 보이는 이가 죽립으로 얼굴을 가린 단주에게 말을 꺼냈다.

단주는 한눈에 보기에도 거대한 풍채를 자랑했다.

치이익!

찌지직!

곧이어 객잔에 자리하던 모든 이들이 동시에 자신의 얼굴을 뜯어내기 시작했다.

수많은 인피면구가 바닥에 나뒹굴었다.

놀랍게도 모두가 다른 상단인 줄 알았던 그들은 모두 같은 일행이었다.

도진우, 노건호, 노대웅.

마륵, 황노, 주태.

그리고 유일랑.

가면 속에서 드러난 그들 모두는 백운세가의 무인들이었다.

이런 상황이 펼쳐지고 있는 것은 이 객잔뿐만이 아니었다.

간양에 발 디딜 틈 없이 모여 있던 그 수많은 상단 일행이 하나도 빠짐없이 전부 백운세가의 무인들이었던 것이었다.

유신운은 미리 백운세가의 정예 전 병력을 성도의 코앞에 집결시켜 놓은 상태였다.

"뭐, 뭐야?"

"너희들 정체가 뭐냐!"

당황한 사파련 무사들이 검을 빼 들고 그들을 위협하던 그때.

"자, 드가자!"

노대웅의 벽력같은 한마디와 함께 백운세가의 무사들이 미쳐 날뛰기 시작했다.

～

사파련 본궁.

사파련주 북리겸이 권좌에 앉아 쏟아지는 수하들의 보고를 얼음장처럼 차가운 표정으로 듣고 있었다.

"아미파와 멸절사태와 연락이 닿지 않습니다!"

"당가의 장악은 거짓이었던 것 같습니다! 당가로 확인 차 보낸 무사들이 전부 사망했습니다!"

"흑시가 궤멸 상태입니다! 흑시의 배후 세력으로 본 련이 지목당했습니다!"

"관군의 움직임이 없습니다! 흑시가 드러난 것 때문에 완전히 뒤로 물러날 생각인 것 같습니다!"

"청성과 당가의 정예가 외성을 습격했습니다!"

"급보입니다! 간양이 백운세가에게 함락당했습니다! 병력들이 성도로 진격하고 있습니다!"

보고 중 어느 하나도 중요치 않은 것이 없었다.

백운세가를 위시한 수많은 적이 자신의 코앞까지 당도하여 있었다.

사파련의 입장에서 절망적인 보고가 끝이 나자 좌중에는 고요한 침묵만이 자리하고 있었다.

그 누구도 감히 입을 열지 못했다.

그러던 찰나, 북리겸이 나직한 목소리로 말을 꺼냈다.

"완벽히 당했군."

북리겸의 얼굴에 자조 섞인 비소가 떠올랐다.

다음 순간……

빠득!

그는 소리 나게 이를 갈며 이 모든 일을 벌인 장본인을 생각했다.

'유신운, 화친을 제의했을 때부터 이 모든 일을 계획한 것인가.'

이틀 후에 백운세가를 강호에서 지우려 했던 그였지만 오히려 뒤통수를 세게 얻어맞아 버렸다.

방심한 찰나를 완벽히 노리고 빠져나가려야 빠져나갈 수 없는 최악의 상황을 만든 것이다.

'이런 일이 동시에 그냥 일어날 리가 없다. 유신운과 소신의…… 두 놈이 분명히 함께 공작할 일이리라.'

하지만 이대로 당하고 있을 수만은 없었다.

"……화웅(華雄), 담천군의 대답은?"

북리겸은 자신의 수족이자, 사파련의 부련주를 맡고 있는 절명도마(絶命刀魔) 화웅에게 말을 꺼냈다.

상황이 급변하기 시작하자 북리겸은 자존심을 잠시 거두고, 담천군에게 연통을 보냈었다.

그러나 돌아온 화웅의 말은 그를 분노케 하기에 충분했다.

화웅이 기어들어 가는 목소리로 말을 꺼냈다.

"스, 스스로 벌인 일은 스스로 잠재우라고…….."

담천군은 어떠한 지원도 없을 것임을 천명했다.

그리고 그의 말은 곧 교의 뜻과도 같을 것이었다.

그와 사파련은 교에게서 철저히 버림받았다.

크화아아!

콰아아!

"크하하! 이 나를 버리겠다는 말인가!"

광소를 터뜨리는 북리겸에게서 가공할 기운이 폭사했다.

본궁 전체가 잠시 뒤흔들릴 정도로 무자비한 파괴력이었다.

그의 분노가 한차례 지나가고 난 후.

"교주, 후회하게 될 것이오."

북리겸이 복수의 칼을 갈며 기운을 갈무리했다.

그때 북리겸의 기운에 진탕된 내기를 겨우 잠재우며 화웅이 말을 꺼냈다.

"······련주님, 일단 적의 성세를 판단해야 합니다. 외성을 굳게 걸어 잠그고 방어에 치중하시는 것이 어떠신지요."

하지만 그의 말에 북리겸은 고개를 가로저었다.

"아니, 나는 북리겸이다. 사파의 수장인 내가 피도 안 마른 애송이들에게 겁먹고 집 안에 숨을 것 같으냐."

북리겸은 최상책을 걷어차 버렸다.

반평생을 사파의 주인으로서 살아온 그의 자존심이 용납하지 않았다.

"일단 낭인들을 '그 물건'들로 무장시켜 후방을 친다. 그리고 발생한 빈틈에 전력을 쏟아부어 적을 궤멸시키겠다."

"존명!"

북리겸의 명령에 화웅을 포함한 사파련의 무사들이 전원 예를 갖추며 대답했다.

'유신운, 사지를 갈가리 찢어 죽여 주마.'

모두가 바쁜 움직임으로 사라지자, 홀로 남은 본궁에서 북리겸이 살의를 곱씹었다.

꽃

어느새 성도에 깊은 밤이 찾아와 있었다.

언제나 불야성 같던 성도의 밤거리는 빛 한줄기 없이 칠흑으로 물들어 있었다.

성도의 수많은 양민들이 흘러가는 기류 속에서 곧 거대한 전쟁이 터지리라는 것을 직감한 것 때문이리라.

하지만 그런 와중에 돌연 한 줄기의 바람이 침묵이 내려앉은 거리를 스치고 지나갔다.

그리고 그 바람은 곧 골목 사이의 인적이 드문 곳에 도착하여, 곧 두 인형(人形)으로 변화하였다.

모습을 드러낸 그들은 흑장의와 죽립으로 정체를 숨기고 있었다.

─도착한 것 같습니다. 소교주님.

주태명은 경지에 오른 은잠술(隱潛術) 이용해 주변의 사물에 제 몸을 숨긴 뒤 전음을 전했다.

－예. 저 표식을 보니 아무래도 제대로 찾아온 것 같네요.

그에 천서린이 골목의 한쪽 벽에 새겨진 십(十) 자 표식을 가리키며 답했다.

두 사람은 눈에 내기를 두르고 주변을 훑어보았지만, 아무도 없었다.

아무래도 그들이 기다리는 인물은 아직 도착하지 않은 듯했다.

순간, 두 사람은 흑시에서 흩어지며 소신의와 나누었던 대화가 떠올랐다.

－내가 말한 곳에 가면 한 사람이 기다리고 있을 거다. 그의 일을 도와주면 된다.

－……예? 그럼 당신은?

－난 미처 해결하지 못한 일을 처리하고 와야 한다.

소신의의 행동은 너무나 미심쩍었지만, 안타깝게도 그들에게는 거부권이 없었다.

천마의 병을 고치기 위해선 소신의가 꼭 필요했기 때문이다.

두 사람은 그렇게 울며 겨자 먹기로 유신운의 명을 따를 수밖에 없었다.

아직 나타나지 않은 의문의 조력자를 기다리던 그때, 주태명이 슬며시 천서린에게 말을 꺼냈다.

──⋯⋯그런데 전 아직도 귀신에 홀린 것 같습니다. 아무리 생각해도 어떻게 그 짧은 시간 동안 흑시가 쌓아 두었던 자금을 한 번에 옮긴 것인지 답이 나오지를 않는군요.

주태명의 말에 천서린 또한 고개를 끄덕였다.

소신의는 관군이 도착하기 전에 흑시가 쌓아 두었던 모든 자금을 빼앗았다.

흑심을 품었던 관군이 흑시의 폐허를 샅샅이 뒤졌지만, 허망한 표정만 짓고 모두 돌아갔으니 분명한 사실이었다.

'흑시 내에 또 다른 조력자가 있었을 리는 없어. 그렇다는 건⋯⋯.'

이런 인력을 초월한 일이 가능한 힘은 한 가지밖에 없었다.

'⋯⋯주 아저씨와 비견되는 무위를 지닌 것도 모자라 술법에도 능하다는 건가.'

소신의가 무공뿐 아니라 술법에도 능통하다는 결론이 되었다.

겉모습으로 보기에는 자신과 나이 차가 크지 않은 것 같음에도, 비교조차 할 수 없을 정도의 막대한 힘의 격차를 느끼고는 천서린은 씁쓸한 표정을 지을 수밖에 없었다.

한데 그때였다.

-그대들인가 보군.

'......!'

'......!'

두 사람의 시야의 사각에서 의문인이 모습을 드러내었다.

당황을 넘어 당혹감까지 느끼며 두 사람은 각자의 병기에 손을 가져갔다.

하지만 상대의 움직임이 그보다 한 발 더 빨랐다.

찰나의 순간 만에 그들의 앞까지 당도한 그는 검을 쥔 두 사람의 손목을 붙잡았다.

-거기까지. 함께 싸우러 갈 이들끼리 불필요한 다툼은 자제하지.

'......소신의가 말했던 조력자가 이자였단 말인가!'

주태명은 자신이 무방비하게 공격을 허용했다는 것에 첫 번째 충격을 받고, 드러난 상대의 정체에 두 번째로 충격을 받았다.

상대의 얼굴에 뼈 가면이 드리워져 있었다.

귀면랑이 모습을 드러낸 순간이었다.

유신운이 소신의의 모습이 아닌 귀면랑의 모습으로 이들에게 나타난 이유는 하나였다.

'이 두 사람에게 더 많은 진실을 말해 줄 필요는 없으니까.'

아직은 천서린에 대한 신뢰가 부족한 까닭이었다.

곧이어 두 사람은 끌어 올렸던 진기를 가라앉혔다.

유신운 또한 붙잡았던 손목을 풀어 주자, 천서린이 말을 건넸다.

―……설마. 소신의가 만나 보라던 사람이 당신일 줄은 몰랐군요.

―그와는 꽤 오랜 시간을 함께했지.

거짓말은 아니었다. 평생을 한 몸이었으니까.

하지만 그 사실을 알 리 없는 천서린은 놀란 가슴을 애써 진정하며 차후의 일을 물어왔다.

―후우. 그럼 쓸데없는 시간 낭비 없이 본론으로 바로 들어가죠. 우리가 해야 할 일은 뭐죠?

'제법이군.'

유신운은 빠르게 평정심을 되찾는 천서린을 보며 눈에 이채를 띠었다.

그러곤 곧이어 두 사람에게 앞으로의 임무를 말해 주었다.

―우린 낭왕(浪王)을 사냥한다.

―……!

귀면랑의 입에서 생각지도 않은 자의 이름이 나오자 두 사람은 일순간 당황했다.

놀랍게도 유신운은 북리겸의 계획을 모두 꿰뚫고 있었다.

'멸절사태가 꽤나 많은 정보를 줬어.'

그의 모든 정보의 출처는 다름 아닌 먼저 제압했던 멸절사태였다.

멸절사태의 머릿속을 샅샅이 헤집어 놓느라 그녀가 백치(白癡)가 되었던 것이었다.

ㅡ……설마 낭왕이 북리겸을 돕고 있다는 말인가?

ㅡ그래. 이미 성도의 은신처에서 비밀리에 여덟 지부장과 옥(玉)급 이상의 낭인들을 모아 회합까지 하고 있다.

ㅡ그럴 리가? 그만한 인원이 한자리에 모였다면 우리가 찾아내지 못했을 리가 없었을 텐데.

그가 천산에서 데리고 온 마교의 밀정들이 성도 도처에 깔려 있었다.

옥급의 낭인은 절정, 백옥급의 낭인 초절정, 금강급의 낭인은 화경 이상의 경지였다.

그런 상급 무위의 무사들이 한자리에 집결했다면, 그의 귀에 들리지 않았을 리가 없었다.

그때, 유신운이 알 수 없는 말을 꺼냈다.

ㅡ찾아내기 힘들었어도 무리는 아니지. 놈들은 지상에 있지 않았으니까.

ㅡ……그게 무슨?

ㅡ가 보면 자연히 알게 될 거다.

그 말과 함께 유신운은 두 사람을 데리고 격전지가 될 장소로 이동했다.

꘾

민강(岷江)의 강물이 거세게 출렁이는 가운데, 나루터에 수많은 배가 정박해 있었다.

그중, 가장 끄트머리에 흉물스러운 배 여러 척이 버려져 있었다.

관군의 함선처럼 거대한 크기의 배들은 오랜 세월의 풍파를 그대로 담고 있었다.

십 년도 더 지난 과거 대규모의 상행을 위해 배를 띄웠지만, 갑작스러운 역병으로 주인이 급사한 후 지금까지 버려져 처치 곤란이 되어 버린 폐선들이었다.

한데 오늘은 놀랍게도 그런 폐선 안에 수많은 인기척이 느껴지고 있었다.

강호에 이름을 날리는 수많은 낭인 그리고 중원 각지에 설치된 낭인 시장을 이끄는 여덟 지부장이 한곳에 모여 있었다.

그랬다. 이 폐선이 바로 낭왕 마호욱이 비밀리에 낭인들을 집결시킨 장소였던 것이다.

그러던 그때, 무한 지부장이 주변을 훑어보곤 고개를 절레절레 가로 저으며 말을 꺼냈다.

"도대체 마호욱 그 작자가 우릴 왜 소집한 건지 아직도 모르겠군."

그의 말투에 불만이 가득했다.

"강제권을 사용하기에 오긴 왔지만, 만일 별일 아니라면 정말 다 엎어 버리겠어."

한데 그럴 만도 했다.

낭왕이 그들에게 통첩을 보내어 성도에 집결하게 한 탓에 하던 모든 일을 제쳐 두고 이곳으로 이동했기 때문이다.

낭인들은 모두 자유롭게 활동하지만, 낭인 시장에 소속이 되어 옥급 이상이 되면 단 한 번 낭왕이 강제권을 사용하면 어떤 임무를 하고 있더라도 모여야 하는 규약을 지니고 있었다.

"한데 뭐, 들어 보니 엄청나게 좋은 제안을 줄 것 같다고 하던데."

"난 뭐 돈이나 많이 주면 그뿐이야."

"아니면 오랜만에 제대로 피 맛을 보게 해 주던가, 흐흐."

제남 지부장과 서안 지부장이 말하자, 합비 지부장이 거들었다.

세 사람은 모두 낭왕과 가장 긴밀한 관계를 나누고 있다고 칭해지는 인물들이었다.

'역시나 이자들은 무언가를 알고 있군.'

세 사람이 은밀히 눈빛을 교환하는 것을 보며 낙양 지부장, 엄악이 얼굴을 굳혔다.

'후우, 도대체 무슨 일을 벌이고 있는 건가. 낭왕은.'

그는 속으로 한숨을 내쉬었다.

오로지 자유를 추구하며 순수했던 과거의 모습은 사라지고, 돈과 권력에 미친 마호욱의 모습이 떠오르자 분명히 이번 회합이 이상한 방향으로 흘러가리란 생각이 들었기 때문이다.

그러던 그때, 합비 지부장이 슬며시 그런 엄악에게 시선을 돌리며 말을 꺼냈다.

"한데 그건 그렇고 엄악. 자네는 귀면랑에게 연락을 못 했나?"

그의 말에 나머지 여섯 지부장의 시선 또한 함께 쏠렸다.

귀면랑.

그는 현재 모든 낭인들의 관심의 대상이었다.

그동안 벌인 수많은 말도 안 되는 사건들 때문에 마호욱 다음으로 두 번째 금강급의 낭인이 되었기 때문이다.

세간에서는 차기 낭왕의 자리에 귀면랑을 일컫기도 했다.

"……그자는 누구와도 연락하지 않네."

"쯧. 먹혔군, 먹혔어. 지부장이 지부 내 낭인도 통제 못 해서야 원."

엄악은 합비 지부장의 조롱을 아무 말 없이 받아넘겼다.

합비 지부장의 저런 도발이 다분히 의도적이라는 것을 이미 알고 있었기 때문이다.

－혈랑대 사건을 이렇게 덮어서는 안 됩니다. 이것을 기회로 낭인 시장에 곪은 비리와 뿌리 내린 의문의 세력을 전부 척결해야 합니다.

귀면랑이 혈랑대를 궤멸시키고 난 후, 엄악은 마호욱에게 계속해서 낭인 시장을 정상화할 의견을 내놓았다.

하지만 그 어떤 의견도 채택되는 것은 없었다.

그저 엄악이 마호욱의 눈 밖에 날 뿐이었다.

계속해서 노골적인 압박이 들어왔고, 이제 낙양 지부장의 위치마저 위태로울 지경이 되어 있었다.

'……차라리 잘되었다. 오늘 마지막으로 낭왕과 이야기를 나누어 보고, 변화가 없다면 내가 자리에서 물러나는 것이 나으리라.'

엄악이 그렇게 결심을 굳힌 그때였다.

철컥.

닫혀 있던 문이 열리고 드디어 낭왕이 모습을 드러냈다.

짙은 눈썹 아래로 먹이를 노리는 교활한 이리와 같은 눈동자가 번뜩이고 있었다.

비뚤어진 코와 굳게 다문 입술에 아집이 느껴졌다.

등에 멘 대도(大刀)에서 서슬 퍼런 기운이 퍼지고 있었다.

"모두 모인 것 같군."

낭왕 마호욱이 폐선 내부에 가득한 낭인들을 오시하며 말을 꺼냈다.

처척.

여덟 지부장을 포함한 모든 낭인들이 그에게 예를 갖추었다.

하지만 그것도 잠시뿐이었다.

오랜 기다림에 지친 이들의 볼멘소리가 곧바로 튀어 나왔다.

"결론부터 얼른 말해 주쇼. 왜 우리를 모은 거요?"

난주 지부장이 퉁명스럽게 말을 꺼내자, 마호욱이 그를 아무 말 없이 노려보았다.

스으으!

촤아!

마호욱의 전신에서 압도적인 기운이 흘러나왔다. 십 년도 전에 이미 금강급의 낭인이 된 그가 쏟아 내는 내기는 화경에 달하는 힘이었다.

그 기세에 압도된 난주 지부장은 당당했던 모습은 사라지고, 지진이라도 난 듯 동공이 흔들렸다.

"크윽!"

결국 난주 지부장은 자신을 압박해 오는 기운에 침음을 흘릴 수밖에 없었다.

그러자 마호욱이 비릿하게 한쪽 입꼬리를 말아 올리며 충격적인 이야기를 꺼냈다.

"너희들을 부른 이유는 간단하다. 사파련과 백운세가의 전쟁에 참전하기 위함이다."

"······!"

"······그, 그게 무슨?"

엄악을 포함한 모든 낭인들이 당혹감을 숨기지 못했다.

놀라지 않은 것은 오직 낭왕의 수족인 제남, 서안, 합비 지부장 세 사람뿐이었다.

마호욱의 말이 이어졌다.

"이곳 민강은 의빈(宜賓)까지 이어지지. 우린 곧장 남하해 간양에서 진을 치고 있는 백운세가의 뒤를 친다."

"자, 잠깐. 낭왕, 그게 무슨 말입니까."

서녕 지부장이 낭왕의 말을 끊었다.

그는 마호욱이 자신들을 부른 까닭이 이런 이유 때문이라고는 전혀 상상하지 못한 듯했다.

"아무리 우리가 돈에 목숨을 파는 낭인이라고는 하지만 이건 사안이 다릅니다."

"……그렇소. 세간의 모든 이들이 백중지세라고 말하고 있는 형국이오. 자칫 잘하다가 백운세가가 사파련을 이기기라도 하는 순간, 현 사파련의 영향권 아래에 있는 낭인 시장은 전부 폐쇄당할 수도 있소."

난주 지부장 또한 말을 보탰다.

이야기를 듣고 있던 다른 낭인들 또한 두 사람의 말에 동의하는 듯 연신 고개를 끄덕였다.

이런 거대 세력간의 전쟁에 참전하는 것은 분명히 엄청난 위험성을 내포하고 있었다.

전쟁이 끝나고 사파련의 세력을 모조리 흡수하고 난 백

운세가가 보복을 해 온다면, 큰 낭패를 겪을 수도 있기 때문이다.

"낭왕, 이건 정말 아닙니다. 지금은 일확천금을 노릴 때가 아니라 내부의 문제를 해결할 때입니다."

조용히 듣고 있던 엄악 또한 말을 꺼냈다.

하지만 마호욱을 비롯한 제남, 서안, 합비 세 지부장의 얼굴에는 원인 모를 비소가 떠올라 있었다.

'……뭐지. 저들의 표정은?'

엄악이 알 수 없는 불안감을 느끼며 속으로 침음을 흘리던 그때.

"그렇다면 한쪽의 승리가 확실한 전쟁이라면 아무런 문제가 없겠군."

"……그게 무슨 말씀이신지?"

"가지고 와라!"

마호욱이 수하에게 소리치자, 바깥이 소란스러워졌다.

덜컹거리며 무언가 무거운 짐을 옮기는 소리가 울려 퍼지더니, 곧 마호욱의 수하들이 거대한 상자를 그들의 앞에 내려놓았다.

엄악을 비롯한 낭인들 모두가 두 눈을 끔뻑였다.

"……이게 뭡니까?"

"너희들에게 힘과 돈을 안겨 줄 물건이지."

마호욱이 그렇게 말하며 닫혀 있던 상자의 뚜껑을 열어젖

했다.

"......?"

"......이게 왜?"

자신만만하게 외친 마호욱이었지만, 정작 드러난 내용물을 확인한 사람들의 반응은 미적지근했다.

그럴 수밖에 없었다.

상자 안에는 똑같은 형태의 검들이 수북이 쌓여 있을 뿐이었으니까.

의문에 가득찬 낭인들의 눈빛이 자신에게 쏟아지자, 마호욱이 뚜벅뚜벅 걸어가 상자 속에서 검 하나를 집어 들었다.

스르릉.

"......!"

"오오!"

검날이 드러나자 지켜보던 이들이 탄성을 터뜨렸다.

피로 물들인 듯, 검붉은 빛을 띄고 있는 검날에서 흉험한 기운이 드러나고 있었기 때문이다.

'......저건 결코 평범한 검이 아니야.'

엄악은 검에서 일렁이던 기운이 자신에게 닿자, 등줄기에 식은땀이 흐르는 것을 느꼈다.

그러던 그때, 마호욱이 충격적인 사실을 알렸다.

"이것이 바로 보패(寶貝)다."

"......!"

"보, 보패!"

낭인들이 경악한 반응을 보였다.

보패라니.

어찌 전설 속에서나 나오는 물건이 자신들의 눈앞에 있단 말인가.

낭인들의 눈에 탐욕의 빛이 떠올랐다.

꿀꺽, 침 삼키는 소리가 울려 퍼지는 가운데, 한 낭인이 슬며시 말을 꺼냈다.

"펴, 평범한 사람은 신선의 물건을 다룰 수 없다고 하던데."

그에 마호욱이 고개를 가로저으며 말을 꺼냈다.

"아니, 이건 그 누구라도 사용할 수 있다."

"오오오!"

곳곳에서 탄성이 터져 나왔다.

낭인들이 돈보다 강한 욕망을 지니고 있는 것이 바로 근본적인 힘이었다.

'보패, 보패만 있다면!'

'……저것만 있으면 초절정의 벽을 넘을 수 있어!'

그런 그들의 반응을 바라보던 마호욱은 속으로 차오르는 비웃음을 겨우 참아 내고 있었다.

'쯧쯧, 주제에 맞지 않는 힘을 갈망하는 멍청한 놈들.'

그가 가지고 온 물건은 보패이되 보패가 아닌 물건이었다.

본래 선인의 힘을 지니고 있지 않은 일반인이 보패를 다룰 수 있다는 것 자체가 말이 되지 않는 일이었다.

하지만 금오도의 도움으로 혈교에서 만들어 낸 저 양산형 보패들은 본래의 보패보다 열화된 능력을 지니고 있음과 동시에 엄청난 부작용을 담고 있었다.

사용자는 모르게 기생충처럼 사용자의 선천진기를 갉아 먹다가, 결국 죽음에 이르게 하는 그야말로 마물이었던 것이다.

하지만 마호욱은 그런 사실을 낭인들에게 알려 줄 생각이 전혀 없었다.

그렇게 자신이 원하는 방향으로 흘러가는 분위기를 느끼던 마호욱이 이내 말을 꺼냈다.

"이 모든 것은 사파련에서 선지급 받은 물품들이다. 그들은 인외(人外)의 존재들에게 지원을 받고 있다. 결코 백운세가에게 질 수가 없어."

"……!"

"사파련이!"

"자, 나의 뜻을 따르는 이들에게는 하나도 빠짐없이 이 물건들이 지급될 것이다. 어찌하겠는가."

마호욱의 말이 끝난 순간, 사람들이 검이 쌓인 상자로 몰려들었다.

"나, 나는 참전하겠소!"

"나도 낭왕님의 뜻을 따르겠소!"

"그, 그럼 이거 가져가도 되는 거지?"

"꺼져! 내가 먼저다!"

극소수를 제외한 대부분의 낭인들이 고민할 것도 없다는 듯, 보패가 쌓인 상자로 달려들었다.

그들은 이미 광기에 물들어 있었다.

"대세는 정해진 것 같건만, 그대들은 끝까지 반대를 고집할 생각인가?"

낭왕의 말에 난주 지부장과 서녕 지부장이 대답했다.

"……나는 그대의 말을 믿을 수 없소."

"그렇소. 저런 강대한 힘을 지닌 물건을 범인(凡人)이 아무런 대가 없이 다룰 수 있을 리 없소."

"우린 빠지겠소이다."

중립을 지키던 안평, 태원 지부장도 낭왕의 편으로 돌아서 있었다.

결국 지부장 중에 남은 것은 엄악과 난주, 서녕 지부장 셋뿐이었다.

"……저 또한."

상황을 지켜보던 엄악이 말을 꺼내려던 찰나.

"그렇다면 어쩔 수 없군."

파밧!

낭왕의 신형이 한 줄기 선풍처럼 움직였다.

푸욱!

"끄, 극!"

그리고 다음 순간, 섬뜩한 소리가 울려 퍼졌다.

엄악의 눈이 터질 듯 커졌다.

"무, 무슨?"

마호욱이 난주 지부장의 심장에 칼을 깊숙이 박아 넣어 있었다.

우우웅!

우웅!

피를 맛본 마호욱의 보패가 스산한 귀음을 내며 붉은 빛을 발산하기 시작했다.

촤아아!

스그극!

난주 지부장의 몸에 있던 피가 전부 검에 흡수되었다.

쿠웅.

곧이어 순식간에 목내이의 모습이 된 난주 지부장의 신형이 바닥에 쓰러졌다.

"쯧, 아둔하기 짝이 없는 놈."

"……미쳤어, 완전히 미쳐 버렸군."

오랫동안 함께해 온 난주 지부장을 거리낌 없이 살해한 낭왕을 보며, 서녕 지부장이 공포에 질려 뒷걸음질을 쳤다.

"자, 그럼 너희들에게 첫 명령을 내리겠다. 우리를 제외하면 보패에 대한 사실을 알고 있는 이는 한 명도 없어야 한다.

모조리 처치해."

채챙!

스르릉!

마호욱의 명령에 낭인들은 조금의 망설임도 없이 검을 빼 들었다.

수많은 검에서 쏟아지는 검광에 장내가 핏빛으로 물들어 있었다.

한데 그때였다.

"북리겸의 마지막 패가 이거였나."

급박한 상황과 전혀 어울리지 않는 천진한 목소리가 울려 퍼졌다.

사람들의 시선이 목소리가 들려온 방향으로 향했다.

보패가 쌓여 있는 상자 앞에 한 젊은 낭인이 혼잣말을 하고 있었다.

"양산형 보패라니. 상상도 못했어. 선천진기를 빨아먹는 게 단점이긴 하지만."

"뭐, 뭘 빨아먹어?"

"서, 선천진기?"

갑작스레 툭 튀어나온 젊은 낭인의 폭탄 발언에 주위가 소란스러워졌다.

'……저놈이 어떻게?'

가장 놀란 것은 역시나 마호욱이었다.

사내가 자신말고는 어느 누구도 알지 못하는 비밀을 알고 있었기 때문이다.

스아아!

촤아아!

본능적으로 심상치 않음을 느낀 마호욱이 젊은 낭인에게 기운을 흩뿌렸다.

'……?'

그러나 젊은 사내는 마호욱의 기운에 조금도 영향을 받지 않는 듯했다.

"뭐, 회수해서 적당히 개조하면 유용하게 써먹을 수 있겠군."

"어디서 그따위 헛소리를 지껄이느냐! 네놈은 대체 누구냐!"

마호욱의 일갈에 젊은 낭인이 고개를 돌려 그와 시선을 마주쳤다.

"곧 죽을 사람들이 남의 이름은 알아서 뭐 하게."

젊은 낭인의 말에 마호욱이 미간을 와락 찌푸렸다.

하지만 그 순간, 유일하게 젊은 낭인의 정체를 알아차린 한 사람이 있었다.

'저 눈빛은, 설마?'

엄악은 북해의 빙설처럼 차갑게 가라앉은 사내의 눈빛이 가면 속에서 빛나던 누군가의 눈빛과 똑같다는 사실을 깨달았다.

"뭣들 하고 있어! 죽엿!"

그러던 그때, 마호욱이 핏대를 세우며 낭인들에게 소리쳤다.

파바밧!

파밧!

보패, 적혈검(赤血劍)을 꼬나 쥔 수십의 낭인들이 동시에 젊은 낭인에게 달려들었다.

자신의 눈앞에 서슬 퍼런 칼날들이 쇄도하고 있었음에도 사내는 조금도 물러서지 않았다.

스으으!

그저 아무것도 없는 허공에 손을 뻗을 뿐이었다.

처척!

'……!'

'마, 말도 안 돼!'

'저자가 왜 여기에!'

다음 순간, 자신만만하게 달려들던 낭인들의 표정에 당혹과 공포가 떠올랐다.

사내는 아무것도 없던 허공에서 기괴한 형상의 가면 하나와 대겸을 꺼내 들어 있었다.

그것이 말해 주는 사실은 하나였다.

'귀면랑!'

이곳에 귀면랑이 나타났다는 것이었다.

서거걱!

서걱!

소름 끼치는 절삭음과 함께 귀면랑과 가장 가까이에 있던 낭인 두 사람이 바닥에 허물어졌다.

휘두르는 모습도 보이지 않았건만 그들의 몸이 반 토막이 나 있었다.

파바밧!

유신운이 제자리에 잔상을 남기며 엄청난 속도로 적들에게 질주했다.

쐐애액!

촤아아!

순식간에 자신들에게 파고든 귀면랑을 보며 당황한 낭인들은 그대로 당할 수는 없다는 듯 각자의 검을 휘둘렀다.

휘잇!

휙!

하지만 유신운은 너무도 가벼운 몸놀림으로 적들의 공격을 회피하는 데 성공했다.

그러곤 질풍과도 같은 빠르기로 한 손으로 쥔 용독겸을 휘둘렀다.

뇌운십이겸 신운류.

일초 팔연발(八連發).

뇌운귀살(雷雲鬼殺).

하지만 낭인들 중 어느 누구도 유신운의 참격을 보지 못했다.

'무슨?'

'왜 가만히 있……?'

그들은 왜 유신운이 용독겸을 가만히 들고 있는지 의아할 따름이었다.

그들의 의식(意識) 보다 유신운의 참격이 더 빨랐기 때문이다.

그러나 그 대가는 참혹했다.

스그극!

쩌저적.

곧이어 유신운의 참격에 적중당한 낭인들의 몸에 가느다란 실선이 떠올랐다가 그만큼 몸이 등분되었다.

한순간에 보여 준 귀면랑의 압도적인 강함에 기세등등했던 낭인들의 안색이 파랗게 질려 있었다.

그에 상황을 지켜보던 마호욱이 빠득, 이를 갈며 소리쳤다.

"겁먹지 마라! 보패의 힘을 사용하면 놈 따위 아무것도 아니다!"

하지만 그럼에도 낭인들은 섣불리 귀면랑에게 달려들지 못하고, 자꾸만 머뭇거리고 있었다.

그러자 마호욱은 뒤로 물러나 있던 세 지부장을 노려보았다.

'흡!'

'이, 이런!'

갑작스러운 귀면랑의 출현에 한발 물러나 있던 지부장들이었지만, 이제는 어쩔 수 없음을 깨달았다.

타닷!

파바밧!

세 지부장이 각자의 적혈검을 뽑아 들고 유신운에게 달려들었다.

화르르!

촤아아!

그들의 검에 보패의 권능과 합쳐진 핏빛 검기가 선명하게 일렁이기 시작했다.

그들은 사실 마호욱에게 이전에 적혈검을 미리 받았었기에, 보패의 사용에 능숙한 상태였다.

"놈!"

"홀로 우리를 감당할 수 있을 것 같으냐!"

세 지부장의 외침에 유신운이 고개를 갸웃했다.

"누가 혼자래?"

그리고 다음 순간.

콰가가!

콰앙!

느닷없이 뒤편에서 두려움에 떨고 있던 옥급 낭인 두 사람이 돌연 지부장들을 향해 폭풍처럼 날아들었다.

5장

'혼자가 아니었나?'

세 지부장은 당혹스러울 따름이었다.

하지만 머릿속에 떠오른 의문을 이어 가기에는 그들에게 달려드는 두 사람의 신법이 너무나 쾌속했다.

옥급 낭인의 무위로는 절대 보일 수 없는 수준이었다.

"……!"

눈 깜짝할 사이에 그들의 일보 앞까지 당도한 두 낭인은 어느새 귀면랑과 같은 뼈 가면을 쓰고 있었다.

'사, 사람의 눈빛이…….'

'어찌!'

가면의 틈으로 굶주린 짐승의 그것처럼 흉포함이 내비치

는 두 사람의 눈빛을 확인한 그들은 마른침을 꿀꺽 삼켰다.

그러나 그런 걱정도 한순간뿐이었다.

우우웅!

'정신 차리자!'

'이 보패만 있다면 충분히 이길 수 있어!'

자신들의 검에 솟아오른 혈검기를 보는 순간 그들의 마음 속에서 두려움이 사라졌다.

적혈검의 힘으로 마의 벽이었던 초절정 최상급의 영역에 까지 발을 들인 그들이었다.

쐐애액!

촤아아!

"하아앗!"

"죽엇!"

지부장 세 사람이 기합을 내지르며 두 낭인에게 각자의 검을 휘둘렀다.

'자, 그럼 말로만 듣던 마교의 저력을 한번 확인해 볼까.'

그런 일촉즉발의 상황 속에서 유신운이 천서린과 주태명을 주시하고 있었다.

파밧!

주태명이 가볍게 발을 구르며 선풍과 같은 기세로 앞으로 튀어 나갔다.

순식간에 자신의 등 뒤로 천서린을 수호하는 그의 두 눈에 숨길 수 없는 분노가 차올라 있었다.

'이 벌레들이! 감히 누구에게 검을 휘두르는 것이냐!'

자신의 머리를 반으로 쪼갤 기세로 쏟아지는 세 칼날을 보면서도 그는 가소로울 따름이었다.

화르르르!

콰가가!

'……!'

'무, 무슨!'

갑자기 호수처럼 잔잔하게 가라앉아 있던 주태명의 내기가 타오르는 활화산처럼 끓어 오르기 시작했다.

천마신교의 호교절예 중 하나인 북명신공(北冥神功)이 그 힘을 발휘하고 있었다.

어느새 차오른 암녹색의 강기가 주태명의 도를 휘감고 있었다.

쐐애액!

콰가가가!

주태명이 도를 사선으로 휘두르자 허공에 반월의 잔상이 생겨났고.

까강!

콰가가!

다음 순간 혈검기들과 주태명의 도강이 맞부딪쳤다.

"크윽!"

"크헉!"

한 사람이 세 명을 감당하고 있었지만, 신음이 터져 나온 것은 다름 아닌 지부장들 쪽이었다.

'마, 말도 안 돼.'

'이게 정녕 사람의 힘이란 말인가?'

단 한 번의 공방을 나눈 것이었지만, 검을 쥔 손에서 떨어질 것 같은 고통이 느껴지고 있었다.

하지만 지부장들이 힘겨워하건 말건, 주태명은 전혀 신경 쓰지 않으며 자신의 도를 연이어 휘둘렀다.

좌라라라!

콰가가!

그럴 때마다 허공에는 수많은 달의 형상들이 수놓기 시작했다.

적들을 완벽하게 압도하고 있는 그 모습을 보며 유신운이 가볍게 탄성을 내뱉었다.

마교의 호교신장이라는 이름이 어울리는 실력이었다.

'불필요한 내기의 소모를 극한까지 줄이고, 최소한의 힘만으로 완벽하게 강기를 활용하고 있어.'

결코 자신보다 내공량이 뛰어나다거나 성취가 높지는 않았지만 내기의 효율적인 활용만큼은 상위의 실력이었다.

넘쳐나는 기운을 쏟아붓듯이 하여 강기를 형성해 내는 자신과 달리, 완벽한 설계로 빈틈없는 기운의 구성을 만들어

내고 있었던 것이다.

오랜 세월 무공을 연마해 온 그의 정수가 발휘되고 있었다.

'흐음, 이런 식으로 기운을 모아서……'

깨달음을 얻은 유신운이 주태명의 내기 활용법 그대로 융독겸에 흘려보내던 기운의 흐름을 변화시켰다.

스아아!

콰가가!

그러자 융독겸에 일렁이던 유신운의 기운이 촘촘히 얽히고설키기 시작했다.

마구잡이로 소모되던 유신운의 내기의 흐름이 가라앉은 바다처럼 잠잠해지고 있었다.

"크흡!"

그 변화를 가장 먼저 알아차린 것은 융독겸을 받아 내던 마호욱이었다.

갑자기 맞부딪치던 대겸의 무게가 천근처럼 무겁게 느껴졌다.

'거칠기만 하던 놈의 강기가 완전히 바뀌었어!'

한 단계 진화를 거친 유신운의 강기에 두 사람의 싸움은 이제 완전히 마호욱의 열세가 펼쳐지고 있었다.

그에 마호욱은 전세를 뒤집고자 이를 악물고 자신의 검을 휘둘렀지만.

'아냐, 이것보다 조금 더 단단하게 형성하면……'

유신운은 일말의 긴장감도 없이 연습 대련을 하듯 무자비하게 파상 공세를 이어 갈 뿐이었다.

'……말도 안 돼. 한순간에 쓸데없는 내기의 낭비가 사라졌어. 어떻게 저자가 주 아저씨의 운기법을……'

천서린은 자신이 지금 가면을 쓰고 있어서 다행이라 생각했다.

만일 그렇지 않았다면 너무 놀란 나머지 입을 쩍 벌린 채 귀면랑을 바라보고 있는 자신의 흉한 모습이 드러났을 것이기 때문이었다.

귀면랑의 전투를 멍하니 지켜보던 천서린은 문득 자신의 아버지, 천마가 무공을 가르쳐 주며 흘렸던 말이 떠올랐다.

-아쉽구나. 서린이 네가 조금만 더 재능이 있었다면 좋았을 것을.

아직 어린아이였던 천서린은 처음에는 쉽사리 그의 말을 받아들일 수 없었다.

주태명 또한 자신을 천년에 한 번 나올 법한 기재라고 말하지 않았던가.

그러나 그런 그녀의 머리를 쓰다듬으며 천마는 말했다.

―서린아, 천마신공을 대성하기 위해선 만년을 통틀어 가장 뛰어난 재주를 지니고 있어야 한단다.

곧이어 가면 속 숨겨진 천서린의 표정에 씁쓸함이 떠올랐다.

'어떻게 그런 이들이 두 사람씩이나…….'

소신의와 귀면랑.

자신이 직접 목격한 두 사람이야말로 천마가 말했던 천재임을 인정할 수밖에 없었던 까닭이었다.

"끄극!"

그러던 그때, 지부장 중 하나가 입에서 핏물을 토해 내며 바닥에 쓰러졌다.

주태명이 조금의 망설임도 없이 놈의 배에 꽂혀 있는 자신의 도를 뽑아냈다.

도신에 주르륵 흐르는 피를 바라보는 두 지부장의 눈동자가 지진이라도 난 듯이 흔들렸다.

'……이놈은 우리가 감당할 수 있는 범위를 한참 벗어났다.'

'……이 상황을 타개하기 위해서는 지키고 있는 저 자식을 인질로 삼는 수밖에 없어.'

두 지부장은 머리를 굴린 끝에 주태명이 철저히 지켜 주고 있는 천서린의 신변을 확보하는 방향으로 계획을 변경했다.

-낭왕! 이대로 두었다가는 모두가 죽소!

-보패의 진력(眞力)을 사용합시다!

두 사람은 주태명의 도를 피해 내는 동시에 은밀히 마호욱에게 전음을 보냈다.

그들의 전음을 받은 마호욱은 미간을 찌푸렸다.

'젠장, 여기서 진력을 사용하게 할 생각은 없었건만.'

하지만 돌아가는 급박한 상황을 확인한 마호욱은 안타깝게도 자신에게 선택의 여지가 없음을 깨달았다.

'그래, 일단 이곳을 무사히 빠져나가야 사파련주에게서 목숨을 부지할 수 있으니.'

콰가가!

파바밧!

결심을 한 마호욱이 유신운에게 참격을 쏟아 낸 후 뒤로 멀찍이 물러났다.

그러곤 한 손으로 적혈검을 자신의 눈앞에 횡으로 천천히 들어 올린 뒤, 다른 한 손을 검날에 천천히 가져다 대었다.

크와아아!

콰아아!

그와 동시에 마호욱과 두 지부장의 적혈검이 지금까지와는 전혀 다른 음험한 기운을 폭사시키기 시작했다.

유신운의 눈에 이채가 흘렀다.

지금까지 상대해 온 혈교의 무리처럼 한계에 치닫자, 몬스터의 힘을 사용할 줄로 예상했지만.

'요기(妖氣)?'

적혈검에서 끓어오르기 시작한 것은 오염됨 마나가 아닌 여득구가 사용했던 것과 같은 요기가 쏟아지고 있었기 때문이었다.

"금오도의 위대한 십천(十天), 조천군(趙天君)이시여. 당신께 제물을 바치오니, 부디 잠시만 우리에게 힘을 빌려주십시오."

그런 찰나, 마호욱이 검을 머리 위로 들어 올리며 알 수 없는 말을 토해 냈고.

촤아아아!

콰아아!

그의 검에서 솟구쳐 오른 요기의 파동이 순식간에 배 내부를 모두 잠식하였다.

그리고 곧이어.

"쿨럭!"

"끄아아!"

"사, 살려 줘! 몸에 히, 힘이 안……. 끄륵!"

수많은 낭인들의 고통에 찬 신음과 함께 생지옥이 펼쳐졌다.

적혈검을 쥐었던 낭인들이 그대로 발작을 하듯 바닥을 뒹굴고 있었다.

유신운이 앞서 말했던 것처럼 그들의 진원진기를 포함한

모든 기운이 적혈검에 빨려 들어가고 있었다.

이런 상황은 이곳뿐만이 아닌 다른 배들도 마찬가지였다.

낭왕의 편을 들며 적혈검을 얻었던 모든 낭인들이 마호욱의 말대로 제물로 바쳐지고 있었다.

결국 목내이 신세가 된 그들은 그제야 쥐고 있던 검을 내려놓을 수 있었다.

그러던 그때, 유신운은 그 참상을 보며 그동안 짐작만 하고 있던 또 다른 적의 존재를 확실히 알아차렸다.

지난날, 본 드래곤이 되기 전 전투를 치를 때 오해를 한 조용은 분명히 말했었다.

자신을 버린 원천군(袁天君)을 용서치 않겠노라고.

마호욱이 말한 조천군과 원천군은 같은 금오도의 십천이리라.

'이로써 확실해졌군. 금오도, 십천군(十天君). 그놈들이 선인의 힘을 혈교에 빌려주는 조력자들이야.'

유신운의 얼음장처럼 차갑게 가라앉은 눈빛이 마호욱을 향했다.

스아아!

콰아아!

검에 차올랐던 기운들이 마호욱과 두 지부장에게로 향했다.

낭인들에게서 뽑아낸 진원진기가 요기로 변환되어 그들의

몸에 흡수되기 시작했다.

두두둑!

드드득!

세 사람의 온몸의 근육이 거대하게 부풀어 오르며 핏줄이 징그럽게 돋아났다.

그들의 검은자위가 산양의 그것처럼 일()자로 길게 늘어졌다.

"오오! 이거다! 이거야말로 선인의 힘이다!"

"으하하! 모조리 죽여 버리겠어!"

보패의 힘으로도 초절정의 경지에 불과했던 지부장들은 요기로 인해 자신의 한계를 넘어서 화경의 경지에 들어서 있었다.

게다가 그들이 얻은 힘은 그뿐이 아니었다.

화르르륵!

콰아아아!

분노에 찬 외침과 함께 두 지부장의 적혈검에서 푸른 불꽃이 맹렬히 타오르기 시작했다.

방금 전까지만 하더라도 평범한 인간이었던 그들이 요괴나 반요처럼 요기를 완벽히 사용하고 있었다.

'인간이 어찌 요괴의 힘을?'

그 순간, 두 지부장은 주태명이 당황하고 있음을 알아차렸다.

쐐애액!

콰가가!

그들이 곧장 검을 휘두르자 푸른 업화가 휘몰아쳤다.

'이런!'

파밧!

주태명은 당혹 한 발을 축으로 몸을 회전시키며 그 불꽃을 피했다.

"몇 번이고 불태워 주마!"

"재로 만들어 주겠다!"

하지만 그들의 불꽃은 마치 살아 있는 생명체처럼 꿈틀거리며 주태명을 따라붙었다.

찰나의 방심에 주태명이 큰 피해를 입으려던 찰나.

화르르!

콰아아!

주태명의 뒤편에서 솟구친 또 다른 불꽃이 지부장들의 불꽃을 집어삼켰다.

"……!"

"무, 무슨 말도 안 되는!"

요기가 담긴 자신들의 푸른 불꽃이 새롭게 나타난 붉은 불꽃에 순식간에 힘을 잃어 가는 모습을 보며 당혹스러움을 감추지 못했다.

'저놈도 한 수가 있었단 건가.'

마호욱이 불꽃이 날아든 곳을 바라보자, 아무도 신경 쓰지 않고 있던 천서린이 불꽃이 타오르는 검을 꼬나들고 있었다.

파바밧!

한줄기 선풍처럼 몸을 날린 천서린은 주태명을 그대로 지나쳐 지부장들에게 도달했다.

천서린은 맹렬히 검식을 쏟아 냈다.

콰가가!

촤아아!

불꽃과 불꽃이 맞부딪치자 마치 거친 파도처럼 넘실거렸다.

그런데 무슨 이유에선가 그런 천서린의 검식을 바라보는 유신운의 표정에 당황이 차올랐다.

'저 초식은 분명히? 아니, 어떻게?'

그런 찰나, 천서린이 자그맣게 초식 명을 내뱉으며 공격을 이어 가고 있었다.

"마염융파(魔炎隆波)."

화르르르!

천서린의 검을 휘감고 있는 염기(炎氣)가 더욱 맹렬하게 타오르고 있었다.

스윽!

촤라라!

이어 그녀가 마치 춤을 추는 듯한 미려한 움직임을 보이며, 타오르고 있는 자신의 검을 지부장들에게 휘둘렀다.

쐐애액!

콰가가가!

고아하기 이를 데 없는 그 검초는 곧 거친 파도와 같은 형상으로 바뀌어 그들을 덮쳤다.

'빌어먹을!'

'……이놈까지 강할 줄이야.'

두 지부장은 표정에 당혹감을 감추지 못하며 신음을 흘렸다.

천서린이 쏟아 낸 염기를 맞닥뜨리자 전신의 피부가 녹아내릴 것처럼 끓어오르고 있었기 때문이었다.

하지만 이렇게 가만히 당하고만 있을 수는 없었다.

"크윽!"

"흡!"

두 사람은 질 수 없다는 듯 피가 배어날 만큼 이를 악물며 보패의 힘을 모조리 끌어 올렸다.

한계 이상까지 무리를 한 탓에 온몸의 핏줄이 터질 듯이 부풀어 올라 있었다.

그리고 다음 순간.

콰아아아!

쿠르릉!

천서린의 염기와 지부장들의 불꽃이 허공에서 맞부딪치며

우레와 같은 소음을 만들고 있었다.

콰가가!

쿠구궁!

그러면서 발생한 열기가 어찌나 흉악한지, 머리 위의 갑판이 재가 되어 무너지고 있었다.

그런 상황에서 양쪽의 반응은 완전히 상반되었다.

두 지부장의 표정에 당황과 불안감이 가득했지만.

냉막하기 이를 데 없는 천서린의 얼굴에는 고작 이것이 다냐는 듯한 무시가 담겨 있었던 것이다.

그러던 그때, 그녀가 새로운 검무(劍舞)를 추기 시작했다.

촤아아!

화르르륵!

그녀의 움직임에 맞춰 그녀의 불꽃이 의지를 가진 듯 맥동하기 시작했다.

'이, 이게 무슨!'

'보패의 불꽃이 잡아먹히고 있어!'

콰가가가!

콰르르!

그리고 소용돌이치던 천서린의 염기가 순식간에 적들의 불꽃을 집어삼키고는.

"염광류하(炎光流河)."

지부장들마저 통째로 삼키려 아가리를 벌렸다.

"크아악!"

"끄극!"

천서린의 염기에 완벽히 적중당한 두 지부장이 고통에 찬 신음을 쏟아 내기 시작했다.

그들은 생살이 타들어 가는 끔찍한 고통에, 쥐고 있던 적혈검조차 던져 버린 채 바닥을 나뒹굴고 있었다.

하지만 그럼에도 그들의 몸을 휘감고 있는 불꽃은 꺼질 기미가 전혀 보이지 않았다.

"끄으으……."

두 사람은 결국 생기를 잃고 죽음을 맞이했다.

그렇게 순식간에 두 사람을 제압한 천서린은 귀면랑을 바라보았다.

'……?'

이어 그녀의 표정에 의아함이 떠올랐다.

그녀와 마찬가지로 귀면랑 또한 자신을 바라보고 있었기 때문이었다.

가면 속에서 비치는 귀면랑의 눈빛에는 알 수 없는 감정이 느껴지고 있었다.

하지만 그것도 잠시 귀면랑은 상대하고 있던 마호욱에게로 시선을 돌렸다.

'……역시 내가 잘못 본 것이 아니었어.'

마호욱의 검을 피하며 유신운은 다른 생각에 잠겨 있었다.

유신운이 천서린을 보며 놀란 이유는 하나였다.

'천뢰융파뿐 아니라 뢰광류하까지……. 천마의 딸이 어떻게 뇌운십이검을 익히고 있는 거지?'

그랬다. 뇌기가 아닌 염기를 다룬다는 것만 다를 뿐.

천서린이 펼치고 있는 검식은 분명히 뇌운십이검의 그것과 동일했기 때문이었다.

마염융파는 뇌운십이검의 3초 천뢰융파(天雷隆波)와 염광류하는 뢰광류하와 똑같았다.

순간 유신운의 머릿속에 유일랑이 떠올랐다.

'분명히 영감님의 출신이 완전히 비밀에 감춰져 있긴 했지만.'

백운세가의 어디에도 유일랑의 출신에 대한 정보는 존재하지 않았다.

다만 순마기를 사용하는 것 때문에 마인이 과거를 숨기고, 새로운 인생을 산 것 정도를 추측하고 있을 뿐이었다.

한데 이렇게 생각지도 않게 유일랑의 과거에 대한 한 줄기 단서를 찾아낸 것이었다.

'영감님, 설마…….'

뇌운십이검을 사용하는 천마의 딸이라.

불현듯 머릿속에 떠오르는 한 가지 가능성이 있었다.

"하앗!"

쐐애액!

하지만 그때, 마호욱이 의식의 빈틈을 파고들며 자신의 검을 유신운의 당문혈(當門穴)에 찔러 넣었다.

파즈즈!

파밧!

푸른 뇌전이 번뜩이며 유신운의 신형이 뒤로 한참을 물러났다.

마호욱의 검은 아무것도 없는 애꿎은 허공만 찌르고 돌아갔다.

퍼뜩 정신이 돌아온 유신운이 곧장 비뢰신을 사용한 결과였다.

대치가 이어지던 찰나 유신운은 혼란해진 머릿속을 금세 정리했다.

'그래, 일단 닥친 일들을 끝내고 마교로 가면 의문을 해결할 수 있겠지.'

그렇게 평정심을 되찾은 유신운이 서리 같은 시선으로 마호욱을 노려보았다.

촤아아!

콰아!

순간, 유신운의 전신에서 이전과는 비교도 되지 않는 거대한 기운이 흘러넘치기 시작했다.

그와 함께 기운이 전해진 용독겸 주위의 허공이 균열이 생기듯 일그러지기 시작했다.

'괴물…… 괴물이다. 저놈은 절대 이길 수 없어. 도망쳐야
해.'

마호욱을 낭왕의 자리에까지 오르게 한 본능이 그에게 빨
리 이 자리를 피하라 소리를 지르고 있었다.

하지만 지독한 공포심에 얼어붙은 그의 두 다리는 조금도
움직이지 않고 있었다.

'저자는 대체……'

'말도 안 되는 신위다.'

주태명과 엄악이 각기 충격과 경외심이 담긴 눈빛으로 유
신운을 멍하니 바라보고 있었다.

우우웅!

우웅!

한데 그때였다.

'으응?'

유신운은 갑자기 품속에서 알 수 없는 진동을 느꼈다.

['?의 알'이 적의 기운을 흡수하는 데 성공했습니다.]

['?의 알'이 깨어나는 데 필요한 기운을 모두 흡수하였습니
다.]

[곧 '?의 알'이 깨어납니다.]

'깨어난다고?'

공명은 다름 아닌 의문의 알에게서 발생한 것이었다.

어느새 바닥에 널브러져 있던 지부장들과 낭인들의 기운을 흡수한 알이 깨어날 준비를 끝내고 있었다.

촤아아!

그드득!

그렇게 유신운이 잠시 한눈을 판 사이, 겨우 정신을 차린 마호욱이 은총의 힘을 사용했다.

괴이한 빛이 그의 전신을 감쌌고 곧 그의 전신에서 뼈와 살이 뒤틀리는 소리가 울려 퍼졌다.

콰가강!

파아아!

인간의 형체를 버리고 거대한 바다뱀의 형상이 된 그는 바닥을 부수고는 강물 속으로 몸을 날렸다.

"도, 도망쳐!"

뚫린 구멍에서 물이 솟구쳐 오르자 엄악이 살아남은 낭인들을 바깥으로 내보냈다.

'……이게 무슨?'

사람이 괴물의 형상이 되는 것을 처음 본 천서린과 주태명은 놀란 감정을 숨기지 못하고 있었다.

파밧.

그런 그들에게 다가간 유신운이 입을 열었다.

"보패들을 모두 회수하고 다른 배의 생존한 낭인들 또한 모두 한자리에 모아 놓도록."

"예?"

첨벙!

그들이 얼떨떨해하는 찰나, 유신운은 바로 물속으로 몸을
날렸다.

유신운은 물속으로 들어와 주변을 살폈다.

'제법 빠르군.'

마호욱…… 아니, 이제는 씨 서펜트(sea serpent)가 된 놈은
엄청난 속도로 물속을 질주하고 있었다.

[플레이어가 용족 몬스터와 조우했습니다. 칭호, '드래곤
슬레이어'가 자동으로 활성화됩니다.]

[칭호, '드래곤 슬레이어'의 영향으로 플레이어의 모든 신
체 능력이 크게 증가합니다.]

파아앙!

유신운은 물속을 마치 지상처럼 박차며 앞으로 튀어 나갔
다.

'오, 온다.'

씨 서펜트는 뒤에서 느껴지는 가공할 기운에 귀면랑이 따
라붙은 것을 직감하고는 눈동자가 지진이라도 난 듯이 흔들
렸다.

놈은 적혈검으로 얻었던 모든 힘을 쥐어짜 도망치는 데에 집중했다.

수중 몬스터 중 속도에 관한 한 최상위의 등급에 속하는 녀석의 빠르기는 쾌속하기 이를 데 없었다.

'크라켄을 소환해도 쉽지 않겠는데.'

거리의 격차가 쉽사리 좁혀지지 않자 유신운은 작게 신음을 흘렸다.

만일 이대로 놓치고 놈이 사파련으로 복귀한다면 사전의 계획이 상당히 꼬이게 되었다.

그런 고민을 하던 찰나, 그의 눈앞에 일련의 시스템 메시지가 주르륵 떠올랐다.

[알이 깨어났습니다.]

['?의 알'에서 영수(靈獸), 백액호(白口虎)가 태어났습니다.]

[백액호와 플레이어 간의 영혼이 연결되었습니다. 지금부터 정신 교감이 가능합니다.]

[영수, 백액호가 플레이어를 자신의 부모로 인식합니다.]

유신운의 품속이 들썩이더니 곧 옷 틈새를 비집고 한 녀석이 자신의 얼굴을 쏙 내밀었다.

─냥?

'……이 아이는?'

흰 털에 수많은 검은 점이 박힌 고양이와 호랑이의 경계에 있는 것 같은 자그마한 아이가 커다란 두 눈으로 자신을 지그시 바라보고 있었다.

물속에 있는데도 녀석은 호흡하는 데에 아무런 방해가 없는 것 같았다.

-냥냥!

백액호는 살갑게 미소 지으며 유신운의 얼굴에 자신의 얼굴을 비볐다.

느닷없는 백액호의 행동에 유신운은 잠시 당황했지만, 곧 자신을 부모로 여긴다는 메시지의 내용을 떠올렸다.

'잠깐.'

그때 유신운은 이 녀석이 평범한 고양이가 아닌 '영수'라는 사실을 되새겼다.

유신운은 백액호를 내려다보며 생각을 떠올렸다.

'혹시 저 녀석을 따라잡을 수 있겠니?'

-냐옹!

그러자 백액호가 유신운의 생각을 들었다는 듯, 자신의 자그마한 머리를 끄덕였다.

다음 순간, 백액호의 두 눈이 영험한 빛으로 빛나기 시작했고.

'이건!'

스아아아!

촤아아!

유신운의 몸 주위에 있는 물들이 폭풍처럼 휘몰아치기 시작했다.

[플레이어의 영수, '백액호'가 본인의 권능 '수중비행(水中飛行)'을 사용합니다.]

쾅가가가가!

쿠르르르!

시스템 메시지가 떠오름과 동시에 유신운의 신형이 엄청난 속도로 물속을 유영했다.

씨 서펜트와는 비교도 되지 않는 가공할 속도였다.

도저히 붙잡을 수 없을 정도로 벌어졌던 거리가 순식간에 좁혀지고 있었다.

'마, 말도 안 돼!'

귀면랑을 따돌렸다고 생각하고 안심을 하고 있던 씨 서펜트가 새로이 느껴지는 물의 흐름에 경악했다.

그런 녀석의 지근거리까지 도착하자.

'자, 그럼 끝내 볼까.'

유신운은 융독겸을 집어넣고 삼첨도를 꺼내 들었다.

파즈즈!

파지지직!

어느새 거대한 뇌기가 타고 흐르는 삼첨도의 창날이 씨 서펜트를 향해 쏟아졌다.

뇌운십이검 신운류.
혼합기.
견뢰벽 + 뢰광류하.
천뢰광벽(天雷狂壁).

콰가가가!
콰아아앙!
곧이어 거대한 폭음과 함께 강의 한가운데에서 거대한 뇌전의 기둥이 솟아올랐다.
"말도 안 돼."
"……저게 귀면랑."
마치 신이 직접 심판을 내린 것 같은 경이로운 광경에 엄악과 낭인들이 두 눈만 끔뻑이고만 있었다.
그것도 잠시, 모든 싸움을 끝마친 귀면랑이 물속에서 모습을 드러냈다.
유신운은 모두가 자신을 지켜보고 있음에도 품속의 존재만을 바라보고 있었다.
'네 이름은 이제부터 흑점이다.'
─냥냥!

백액호, 아니 흑점이는 자신의 이름이 마음에 든다는 듯 귀엽게 울음을 내었다.

"……귀면랑."

그때 엄악이 유신운에게 슬며시 말을 건넸다.

유신운이 그를 바라보자 흑점이는 유신운의 품속으로 다시금 쏙 들어갔다.

"오랜만이군."

"……그러게나 말이오. 이렇게 다시 만나게 될 줄은 정말 몰랐소."

나루터에는 마호욱의 권유에 넘어가지 않은 낭인들이 모두 모여 있었다.

"……이제 어디로 가실 생각이시오?"

"이 모든 일의 원흉인 사파련을 치러 갈 거다."

"……!"

유신운의 말에 엄악을 비롯한 모든 낭인들의 눈에 이채가 흘렀다.

그들은 고개를 돌려 서로를 바라보았다.

이 순간 낭인들은 모두 같은 생각을 하고 있었다.

"귀면랑, 우리도 함께 가게 해주시오."

"보수 따윈 필요 없소. 사파련에만 당도하면 당신의 말을 따르리다."

낭인이란 족속은 결코 빚지고는 못사는 존재들이었다.

잠시 고민을 하던 유신운이 고개를 끄덕였다.

그러자 생각지 않은 일이 이어졌다.

처척!

척!

엄악을 비롯한 수많은 낭인들이 자리에 무릎을 꿇었고.

"낭왕의 명을 받듭니다!"

유신운은 새로운 낭왕의 자리에 오르게 되었다.

우아아아!

채채챙!

무인들의 거친 함성과 병장기가 맞부딪치는 소리가 사위를 덮고 있었다.

철벽의 요새와 같은 위엄을 보이고 있는 사파련의 외성(外城).

그곳의 높이 솟아오른 성벽 앞에서 청성파와 사천당가의 정예들과 사파련의 무사들이 혈전을 벌이고 있었다.

"손 속에 사정을 두지 마라!"

"사파련 놈들에게 정의가 살아 있음을 알려 주자!"

"정파 놈들의 수급을 가져와라!"

"한 놈도 살려 보내지 마라!"

전장의 상황은 너무나 치열했다.

수많은 무인이 흘린 피가 땅에 흥건했고, 눈을 감지 못하고 쓰러진 시체들이 즐비했다.

그러나 대부분의 시신들은 사파련 군영의 무인들이었다.

놀라운 결과였다.

병력의 차이는 사파련 쪽이 압도적으로 많았기 때문이었다.

그렇기에 양측 진영의 사기는 한눈에 보기에도 분명히 차이가 나고 있었다.

'이거 이러다가 설마…….'

'왜, 왜 우리가 밀리고 있는 거야?'

사파련 무사들의 표정에 숨길 수 없는 충격과 초조함이 보이고 있는 반면.

"조금만 기다리면 지원군이 올 거다!"

"그때까지 한 놈이라도 더 베어 내자!"

청성파와 사천당가의 무인들은 조금의 지친 기색도 없이 용맹하기 이를 데 없었던 것이다.

그들이 수적 열세가 분명함에도 불굴의 용기가 사라지지 않는 까닭은 간단했다.

'조금만 버티면 소신의님과 백운세가가 온다!'

그들의 마음속에 한 존재에 대한 굳건한 믿음이 자리 잡고 있었기 때문이리라.

하지만 그런 이유를 알 리 없기에…….

'빌어먹을! 병력은 분명히 우리가 우위에 있건만 어찌하여 계속 밀리고만 있는 거지.'

외성의 싸움을 총책임지고 있는 사파련의 부련주, 절명도마(絶命刀魔) 화웅은 머리가 지끈거리고 있었다.

"크악!"

순간 그의 눈에 독기로 인해 온몸이 타들어 가는 고통에 신음을 터뜨리는 한 수하의 모습이 들어왔다.

'젠장!'

사천당가의 가주, 당소정이 암녹색을 띤 독수(毒手)를 휘두르고 있었다.

그녀의 손이 허공을 가를 때마다 사파련 무사들이 칠공에서 피를 쏟아 내며 연이어 땅을 굴렀다.

'……쇠락할 대로 쇠락한 줄 알았던 무림맹의 구파(舊派)에 저만한 저력이 있었다는 건가.'

그는 평소 무림맹을 업신여기고 있었기에 당가와 청성의 활약에 놀랄 수밖에 없었다.

그러던 그때, 또 한 명을 무릎 꿇린 당소정이 독수를 거두고는 이내 성벽 위에 있는 화웅을 노려보았다.

"……!"

그녀의 눈과 마주친 화웅은 흠칫 놀랐지만, 금세 평정심을 유지하는 척 연기했다.

당소정의 눈빛에는 단순한 살기를 넘어선 흉험한 기운이 일렁이고 있었다.

화웅의 심경이 더욱 복잡해졌다.

'더 이상 피해가 누적되면 걷잡을 수 없다……. 은총의 힘을 사용할 수밖에 없어.'

다만 이렇게 훤히 드러난 공간에서 은총의 힘을 사용했다간, 전국에 퍼져 나갈 소문을 막을 수 없었다.

–은총의 힘을 사용해야 한다면, 근방의 양민들을 모조리 학살해 버려라.

화웅의 머릿속에 북리겸이 꺼낸 해결책이 떠올랐다.

'대의를 위한 작은 희생은 불가피한 법이지.'

화웅의 눈에 섬뜩한 빛이 떠올랐다.

"전군은 들어……!"

그렇게 화웅이 마지막 방책을 사용하려던 찰나.

'……잠깐.'

그의 눈에 적군 진영의 이상 징후가 포착되었다.

조금 전까지만 하더라도 거칠게 맹공을 퍼붓던 청성과 당가의 무인들이 전선을 서서히 뒤로 물리고 있었다.

그렇게나 자신만만하던 당소정의 안색도 수하에게 어떤 소식을 듣고는 새파랗게 질려 있었다.

'도대체 무슨?'

전혀 짐작을 할 수 없는 상황에 화웅이 두 눈만 끔뻑이던 그때.

"회군한다!"

당소정이 일갈을 터뜨리며 병력을 모두 데리고 빠른 속도로 철수하기 시작했다.

그 외중에 화웅은 무인들의 표정에 떠오른 황망한 감정을 인식했다.

"적들이 도망간다!"

"우리의 승리다!"

우아아아!

줄행랑을 치는 적들을 보며 사파련의 무인들이 병장기를 높이 들며 환호성을 질러 댔다.

오로지 화웅만이 표정이 딱딱히 굳어 있었다.

'추적해야 하나? 아냐, 저들이 지금 회군을 할 이유가 전혀 없어. 함정을 파고 기다리고 있는 건가?'

그가 추적의 여부를 고민하던 찰나.

"부련주님!"

수하 하나가 숨을 헐떡이며 그를 찾아와 있었다.

"무슨 일이냐."

"급보입니다!"

그의 물음에 수하는 놀라운 사실을 알렸다.

"합류 중이던 백운세가의 병력이 전멸했다고 합니다."

"……!"

그제야 모든 의문이 해결되었다.

의문의 병력이 백운세가의 지원군을 모두 해치웠다는 소식이 적군에게도 전해지자, 뒤에서 좁혀 오는 병력에 퇴로를 빼앗길까 급히 도망친 것이었다.

'한데 낭왕이 정말로 그들을 모두 해치웠던 말인가!'

화웅은 놀란 기색을 숨기지 못했다.

사실 그는 낭왕의 습격의 성공 가능성을 매우 낮게 점치고 있었기 때문이었다.

백운세가의 승전이 이어지며 생존자들에 의해 한 가지 괴소문이 맴돌았다.

……백운세가의 진정한 힘은 백운신룡이 아니다.

우내십존도 함부로 상대할 수 없는 의문의 존재가 숨어 있다.

백운세가의 군영에 유신운의 무위를 한참 뛰어넘는 진정한 '괴물'이 존재한다는 것이었다.

흑명왕(黑冥王).

소문만 무성한 그를 세간에서는 그렇게 불렀다.

칠흑의 갑주로 정체를 숨긴 채, 적의 목숨을 취하기에 붙여진 별호였다.

'분명히 그가 가져간 보패의 힘이 강력하기는 하지만.'

그는 눈을 게슴츠레하게 뜬 채, 끝까지 머리를 굴렸다.

화웅은 실력도 실력이지만 끝없는 의심으로 사파련의 2인 자의 자리에 오른 인물이었다.

그때 또 다른 수하가 그에게 다가왔다.

"부련주님, 낭왕으로부터 연통이 도착했습니다."

수하는 화웅에게 서신 한통을 건넸다.

임무는 완벽히 끝냈다.

백운세가의 지원군은 한 놈도 빠짐없이 죽음을 맞이했다.

그런데 몇 가지 문제로 인해 원계획보다 빠르게 복귀를 해야 할 것 같다.

일단 적들을 소탕하는 과정에서 적혈검에 사소한 문제가 생겼다.

보패의 힘을 견디지 못한 낭인들이 폭주할 기색을 보이고 있다.

일단 성내로 들여 이들의 이상 증세를 호전시키고, 부적응자는 처리해야 할 것 같다.

보패는 모두 회수해 놓은 상태이며, 차후 조천군의 도움을 받아 야 할 것으로 요망된다.

백운세가 무인들의 시체는 모두 회수한 상태이다.

초절정은 물론 화경급의 시체도 다수 존재한다.

이들의 시신의 부패가 더 진행되기 전에 빠르게 교의 술사들에게 전해야 한다.

빠른 답신을 바란다.

혈교천세(□□□).

'화, 화경급의 시체가 다수 존재한다고?'

서신을 모두 읽어 내려간 화웅의 입이 쩍 벌어졌다.

내용 안에는 예상치 못한 엄청난 소득이 담겨 있었다.

'화경급 무인의 시체라면 지금은 2기밖에 없는 그놈들을 더 만들 수 있다! 그렇다면 앞으로의 싸움의 향방은 떼 놓은 당상이야!'

그의 얼굴에 숨길 수 없는 웃음기가 맴돌았다.

그리고 이어 머릿속에 들고 있던 의심도 점차 사라지고 있었다.

보패의 진명과 십천의 이름을 정확히 알고 있는 것.

그리고 마지막 문단에 혈교의 교인끼리 나누는 음어까지 적어 놓은 것이 그의 믿음을 불러일으키고 있었다.

'놈은 모르겠지만 은총의 힘을 전해 받을 때 혈교의 이름을 타인에게 꺼내는 순간 죽음을 맞이하는 혈주(血呪)를 걸어 놓은 상태이니까.'

곧 화웅은 수하에게 답신을 적어 건넸다.

그가 보낸 연통에는 간결한 내용이 담겨 있었다.

축시정(□□□) 후문으로.

깊은 밤이 찾아왔다.

피비린내와 싸늘한 침묵이 내려앉아 있던 외성에 알 수 없는 소음이 울려 퍼지기 시작했다.

끼익.

끼이익.

영문을 알 수 없던 그 소리는 걷잡을 수 없이 커졌고, 곧이어 그 정체가 드러났다.

흑장의와 죽립으로 정체를 숨긴 일단의 무리가 모습을 드러내고 있었다.

그들은 천으로 덮인 거대한 짐수레를 끌고 외성의 후문으로 향하고 있었다.

그들이 움직일 때마다 코끝을 찌르는 썩은 시체 냄새가 진동을 하고 있었다.

화륵!

선두에 있던 이들이 횃불에 불을 붙였다.

'도착했나.'

외성의 후문 성벽 위에서 화웅과 수하들이 그런 그들을 내려다보고 있었다.

"뭘 보고만 있는 거지? 얼른 성문이나 열어라."

선명한 낭왕 마호욱의 목소리가 들려왔다.

그에 화웅은 바로 문을 열어 줄까 하다가 갑자기 고개를 든 의심에 나직하게 말을 꺼냈다.

"……결례를 무릅쓰고 절차상의 확인을 진행하겠소. 먼저 수레의 물건들을 보여 주시오."

"하아, 귀찮게 정말……. 이렇게까지 해야겠나?"

마호욱은 짜증스럽게 말했지만 화웅은 물러서지 않았다.

그러자 마호욱이 한숨을 푹 내쉬며 뒤쪽의 수하들에게 고갯짓했다.

촤악.

그러자 수하들이 두꺼운 천을 모두 거두고 들고 있던 횃불로 수레를 비췄다.

"오오!"

"정말 백운세가 놈들의 시체잖아."

성벽 위에서 사파련 무사들의 환호성이 터져 나왔다.

짐수레의 짐칸에 백운(白雲)이란 단어가 적힌 무복을 입고 있는 시체들이 쌓여 있었기 때문이었다.

"그럼 마지막으로 마호욱. 죽립을 거두고 얼굴을 보일 수 있겠소?"

"젠장, 가지가지 하는군."

마호욱이 성을 내며 죽립을 벗었다.

"이러면 됐나?"

드러난 그의 얼굴을 확인한 화웅의 표정이 밝아졌다.

목소리는 물론 얼굴 역시 낭왕이 틀림없었다.

"성문을 개방하라!"

"존명!"

화웅의 명에 수하들이 부리나케 움직였다.

드드득!

그그득!

절대로 열리지 않을 것만 같던 외성의 성문이 조금씩 틈이
벌어지고 있었다.

하지만 그 순간, 화웅을 비롯한 사파련의 수하들이 놓치고
있는 것이 있었다.

그건 바로 죽립 속에서 흉험한 빛으로 번뜩이고 있는 낭인
들의 눈빛이었다.

화웅은 서 있던 성벽에서 내려와 활짝 열린 성문에서 마호
욱을 마중했다.

"실례가 많았소. 낭……!"

그가 낭왕에게 살갑게 말을 건네던 그때였다.

갑자기 마호욱이 허공에 한 손을 뻗었다.

우우웅!

그러자 분명히 아무것도 없던 허공에서 창 한 자루가 모습
을 나타냈다.

당황한 기색이 역력한 화웅이 마호욱을 바라보자.

씨익.

마호욱은 한쪽 입꼬리를 말아 올리며 섬뜩한 미소를 지어
보였다.

"막……!"

본능적으로 상황을 알아차린 화웅이 수하들을 향해 고개
를 돌리며 소리를 질렀다.

하지만 그것보다…….

쐐애액!

콰가가가!

마호욱이 소환한 창을 성문에 투척한 것이 빨랐다.

파즈즈즉!

성문에 박힌 삼첨도에서 강렬한 뇌기가 터져 나오기 시작
했다.

"크아악!"

"끄극!"

성문을 열었던 사파련의 무사들이 뇌기에 휩싸여 새까맣
게 타들어 갔다.

'이, 이게 무슨……!'

느닷없이 벌어진 상황에 화웅의 눈이 지진이라도 난 듯이
흔들렸다.

찌지직!

그 순간, 유신운이 자신의 얼굴을 감싸고 있던 인피면구를

벗어던졌다.

파밧!

파바밧!

그와 함께 짐수레에 쓰러져 있던 시체들이 몸을 일으켰고.

우아아아!

우레와 같은 함성과 함께 어둠에 몸을 숨기고 있던 당가와 청성의 무사들 그리고 백운세가의 병력들이 모습을 드러냈다.

사파련의 무사들이 당혹감을 숨기지 못하며 자신의 검을 뽑아들던 그때.

"자, 드가자!"

유신운이 전광석화처럼 성문 안으로 파고들고 있었다.

6장

끝도 없이 많은 병력이 개방된 후문 안으로 거대한 파도와 같이 밀려들고 있었다.

'아, 아니 분명히 경계를 철저히 했건만.'

'……어디서 이리 많은 수의 병력이 숨어 있었단 말인가.'

자신들을 향해 거친 살기를 쏟아 내는 그들을 보며 사파련의 무인들이 당혹감을 숨기지 못하고 있었다.

모든 사파련 무인들의 눈을 속인 방법.

그건 바로 유신운이 주변에 미리 펼쳐 놓은 진법이었다.

혹시에 깔려 있던 진이 유신운의 힘으로 더욱 강력히 개조되어 주변에 지대한 영향을 펼치고 있었던 것이다.

우아아아!

그러던 그때, 낭인들이 우레와 같은 함성을 내질렀다.

"낭인을 건드린 대가를 치르게 하자!"

"적들을 모조리 쓸어버려라!"

거친 분노를 쏟아 내며 낭인들은 각자 자신의 검을 휘두르기 시작했다.

그리고 그런 그들을 이끄는 선봉장은 다름 아닌.

"낭왕님이 우리와 함께하신다!"

흉험한 뼈가면을 얼굴에 쓴 채, 살벌하기 그지없는 대겸을 휘두르는 귀면랑이었다.

촤아아!

서거걱!

"크아악!"

"끄윽!"

섬뜩한 절삭음과 함께 사파련의 무인들이 신음을 흘리며 바닥에 몸을 뉘었다.

귀면랑의 압도적인 신위에 적들은 제대로 된 반항 한 번 못 하고 숨을 거두고 있었다.

그런 상황 속에서 당소정과 청성의 장문인 능풍검협(凌風劍俠) 정문 또한 가만히 있지 않았다.

"당가의 적들에게 복수를!"

"청성의 무인들이여! 악도들에게 손 속에 사정을 두지 마라!"

두 사람의 쩌렁쩌렁한 사자후와 함께 사천당가의 무인들이 암기와 독물을, 청성의 무인들 이 자신들의 진신절기를 펼쳐 내기 시작했다.

"소신의님을 따라 정의를 실현하자!"

그리고 그들의 곁에는 의원의 복식을 한 채, 양손에 푸른 빛의 수강(手□)이 솟아나 있는 소신의가 자리하고 있었다.

촤라라라!

퍼퍼펑!

"크흡!"

"컥!"

소신의의 유려하면서도 강대한 힘이 흘러넘치는 연격에 적중당한 수많은 사파련의 무인들이 북 터지는 소리를 내며 허공을 날았다.

그 놀라운 광경을 보며 검술을 펼치던 정문은 놀람을 금치 못하고 있었다.

'독후(毒后)의 말이 거짓이 아니었군. 어찌 저리 어린 나이에 저만큼 고강한 무위를 이루었단 말인가…….'

그러나 정문은 전혀 몰랐다.

지금 목격한 소신의의 무위가 본신의 힘의 절반에도 미치지 못하는 도플갱어의 힘이라는 것을 말이다.

"용검문도 들이여! 모두 흑명왕님을 따르라!"

"천마장도 함께하라!"

"풍림방도들은 검을 높이 들어라!"

"가주님을 수호하라!"

마지막으로 흑명왕 유일랑이 이끄는 용검문, 풍림방, 천마장의 연합군 그리고 도진우를 비롯한 백운세가의 간부들 전원이 폭풍처럼 날뛰고 있었다.

양쪽 진영의 사기의 차이는 극명했다.

대다수의 사파련 무사들의 얼굴이 흑빛으로 죽어 가고 있는 것에 반해 백운세가의 병력은 모두 자신감이 충만해 있었던 것이다.

그 이유는 간단했다.

'정말로 몰랐어. 사파련의 암행을 뿌리 뽑기 위해……'

'……그 신무삼성(新武三星)이 비밀리에 연합을 구축하고 있었을 줄이야!'

신무삼성.

유신운, 귀면랑, 소신의.

현 무림에서 가장 뜨거운 열풍을 몰고 다니는 삼인을 뜻하는 별호였다.

그리고 놀랍게도 그 세 사람이 최초로 한 현장에 모두 모여 사파련 타파를 위한 동맹을 맺고 있음을 천명한 것이다.

'우리의 걸음이 천하를 구하기 위한 일보가 될 것이다.'

백운세가 측의 모든 무인들의 머릿속에 떠오르고 있는 생각이었다.

그렇게 사파련 측의 참상이 계속 되어갔다.

'이, 이 일을 어찌한단 말인가.'

전세가 급격히 백운세가 진영에 넘어간 충격에 그때까지
도 화웅은 어찌할 바를 모르고 있었다.

"부련주님! 부디 정신 차리십시오!"

"한시라도 빨리 명령을 내려 주셔야 합니다!"

그런 상황을 알아차린 화웅의 친위대 흑승검대(黑勝劍隊) 십
인이 혼란한 그의 정신을 일깨웠다.

'……그래, 내가 이러고 있을 때가 아니다. 일단 이 변고를
내성(內城)에 알려야 해.'

겨우 평정심을 되찾은 화웅이 커다랗게 소리를 내질렀다.

"비상 상황을 알리는 전고(戰鼓)를 울려라!"

둥둥!

두두둥!

그의 명령이 떨어지자마자 커다란 북소리가 울려 퍼졌다.

외성에 침입자가 발생했음을 알리는 긴급 신호였다.

"모두 은총의 힘을 발휘하라!"

그리고 다음 순간, 화웅의 일갈과 함께 수세에 몰려 있던
사파련 무인들의 눈이 살기로 번들거렸다.

사파련의 무인들 중 칠 할에 가까운 숫자가 전신에서 오염
된 마나를 쏟아 내기 시작했다.

두득!

두드득!

임프, 가고일, 코볼트, 트롤 등등.

순식간에 수많은 몬스터들이 흉측한 진신을 드러냈다.

"적군이 드디어 사술을 사용한다!"

"모두 철저히 방어 태세를 갖춰라!"

하지만 백운세가의 병력들 중 겁을 먹거나 혼란에 빠지는 이들은 없었다.

이미 앞서 전투를 치르며 요괴들을 목도해 왔기 때문이었다.

"이, 이게 뭐야!"

"히익! 괴, 괴물!"

오히려 혈교에 속하지 않았던 사파련의 무인들이 자신의 동료가 괴물로 변모하자 당황할 따름이었다.

채채채챙!

콰가가!

병장기 소리와 폭음이 주변을 뒤덮었다.

전장이 더욱 치열해져 있었다.

그때, 화웅의 눈에 검은 준마를 탄 칠흑의 갑주를 두른 흑명왕이 들어왔다.

"흑명왕이 놈들의 핵심이다! 너희들 모두 힘을 합쳐 놈을 처치해라!"

크르르!

파밧!

쐐애액!

그의 명령에 어느새 괴물의 형상이 되어 있는 흑승검대 십인이 짐승의 울음을 토해 내며 유일랑에게 달려들었다.

머리는 악어, 상반신은 사자, 하반신은 하마의 모습이 되어 있는 그들은 암무트(Ammut)라 불리는 최상급 몬스터의 힘을 사용하고 있었다.

쿠구구구!

쿠구궁!

암무트들이 발을 구를 때마다 지진이라도 난 듯이 지축이 흔들리고 있었다.

집채만 한 거대한 체구와는 어울리지 않는 엄청난 속도였다.

크아악!

"커억!"

콰아앙!

퍼엉!

암무트들의 앞을 막아서던 백운세가의 무인들이 그들이 휘두른 팔에 얻어맞고는 신음을 토해 내며 날아가 처박혔다.

"이, 이런!"

"흑명왕님!"

암무트들이 순식간에 유일랑의 지근거리에 도달하자, 적

과 공방을 펼치던 도진우와 노대웅이 뒤늦게나마 신법을 전력을 발휘하며 몸을 날렸다.

크르르!

크아아!

하지만 그들보다 암무트들의 속도가 훨씬 쾌속했다.

우우웅!

우웅!

암무트들의 팔목에 정체 모를 원형의 팔찌가 신묘한 빛을 발하고 있었다.

앞서 마호욱이 사용했던 적혈검과 같은 양산형 보패, 건곤권(乾坤圈)이었다.

요기의 양에 따라 근력을 급상승시키는 단순한 권능만 지닌 건곤권이었지만, 암무트들의 특성과 맞물리며 엄청난 효과를 발휘하고 있었다.

검붉은 요기를 흩뿌리는 암무트들의 권격이 유일랑에게 소낙비처럼 쏟아져 내리려는 그때.

처척!

파바밧!

"이놈들이 감히 우리 영감님한테 주먹을 휘둘러?"

거친 태풍을 일으키며 유일랑 앞으로 유신운이 당도하였다.

화르륵!

콰가가!

어느새 오른손에 들려 있는 흑마염태도에서 칠흑의 마염이 거칠게 타오르고 있었다.

촤아아!

유신운이 한 발을 축으로 회전하며 흑마염태도를 횡으로 휘둘렀다.

화르르르!

콰가가!

그러자 하나가 된 마염과 도강이 반달의 형상이 되어 암무트들을 덮쳤다.

암무트들은 그 의문의 도강을 보자마자 자신들이 감당할 수 없음을 알아차렸다.

뒤에 있던 여섯의 암무트들은 마염을 피해 옆으로 몸을 날렸다.

크아아!

크르르!

하지만 선두에 섰던 네 마리의 암무트들은 피하기에는 이미 늦은 상태였다.

그들은 건곤권의 출력을 최대로 발휘해 도강을 정면으로 맞받아쳤다.

그러나 결론적으로 그것은 최악의 선택이었다.

콰가가가!

콰아아!

건곤권의 요기와 도강이 맞부딪치며 거대한 충격파가 쏟아졌다.

그리고 다음 순간.

까가강!

화르르륵!

반월형의 도강은 건곤권을 산산이 박살 내 버리더니, 이어 암무트들의 전신을 마염으로 불태우기 시작했다.

"……!"

"……!"

암무트들은 전신이 타들어 가는 극통에 비명을 지르려 했지만, 순식간에 마염이 그들의 내부도 녹여 버린 탓에 목소리가 나오지를 않았다.

파스스스.

결국 순식간에 그들의 시체가 먼지가 되어 허공에 흩날렸다.

평소 은총의 힘을 발휘하면 화경의 무인도 해치울 수 있다고 자부했건만.

동료가 상대의 단 일 수에 죽음을 맞이하자 남은 여섯 마리의 암무트들이 공포에 질렸다.

그들의 거체가 어울리지 않게 덜덜 떨리고 있던 그때.

파밧!

유신운이 쉴 틈을 주지 않고 비뢰신을 발휘해 앞으로 전광석화처럼 돌격했다.

그, 그그!

그아아!

암무트들이 두려움을 없애기 위해 괴성을 내지르며 그런 유신운에게 건곤권을 거칠게 휘둘렀지만…….

털썩!

쿠웅!

결국 얼마 지나지 않아 나머지 여섯 놈들마저 땅에 무릎을 꿇을 수밖에 없었다.

"그래, 어른 앞에선 그렇게 조신하게 무릎을 꿇고 있어야지."

목 없이 시꺼멓게 타들어간 시체를 보며 유신운이 말을 꺼냈다.

이어 유신운은 슬며시 고개를 돌려 유일랑을 바라보았다.

"자, 영감님, 어떻습니까? 제가 싹 다 예의를 주입해 줬습니다."

"……."

유신운의 장난 섞인 말에도 유일랑의 투구 안에서는 싸늘한 눈빛만이 흘러나왔다.

그에 유신운이 뒷머리를 긁적이며 말을 꺼냈다.

"크흠! 거참, 이제는 화 푸실 때도 되지 않았어요?"

"……."

그러나 유일랑은 이전과 똑같이 아무런 대답도 하지 않았다.

'휴, 이거 쉽게는 안 풀리겠어.'

그 모습을 보며 유신운이 속으로 한숨을 내쉬며 생각했다.

그동안 한참을 떨어져 홀로 격무에 시달리게 한 탓에 유일랑은 자신에게 심통이 나 있었다.

'마, 말도 안 돼. 흑승검대를 이리 가볍게 제압하다니…….'

흑승검대 십 인이, 흑명왕도 아닌 유신운에게 제압된 것을 보며 화웅이 경악을 금치 못하고 있었다.

그는 유신운이 최소 현경에 도달했음을 깨달았다.

그 순간, 그의 마음 한편에 스멀스멀 불안감이 차올랐다.

'이대로 살려 보냈다가는 련주님에게 큰 해가 될 터! 내 목숨을 바쳐서라도 놈을 죽이리라!'

화웅은 북리겸을 위해 자신의 목숨을 바치기로 마음먹었다.

이어 그가 품속에서 요기가 넘쳐흐르는 환약을 꺼내 꿀꺽 삼켰다.

"끄으윽!"

그의 전신에 징그럽게 굵은 핏줄이 돋아났다.

환약의 기운이 온몸에 퍼져 나가며 그의 내기가 미쳐 날뛰기 시작했다.

그는 멈추지 않고 은총의 힘을 발휘했다.

스아아!

콰아아!

그러자 놀랍게도 오염된 마나와 그의 내기가 환약에 의해 섞여 갔다.

'됐다!'

목숨을 담보로 현경의 경지에 도달한 그는 몬스터의 모습으로 변하지 않고, 제 권능을 완벽히 통제하는 데에 성공했다.

크아아!

콰가가!

촤아아아!

그가 일갈을 토해 내자 주변의 모래들이 폭풍처럼 주변에 흩날리기 시작했다.

사막의 처형자, 아누비스.

유일랑을 달래던 유신운이 놈의 힘을 보며 한 몬스터의 이름을 떠올렸다.

스윽.

유일랑이 손가락으로 화웅을 가리켰다.

그동안 자신 없이 수련한 것을 보여 보란 뜻이었다.

"예, 예. 십 초 안에 죽여 놓겠습니다."

유신운의 대답과 함께.

"모두 죽이리라."

파바밧!

살기 어린 안광을 쏟아 내며 화웅이 몸을 날렸다.

'자, 일단 자신만만하게 질러 두긴 했는데.'

자신에게 달려드는 화웅을 보며 유신운이 속으로 생각했다.

제대로 심통이 난 영감님을 달래기 위해 십 초 안에 잡는다고 호언장담했지만, 사실 아누비스는 그리 쉬운 상대가 아니었다.

전생에서도 이런 대규모의 전투에서 최대의 힘을 발휘하는 준재앙급의 몬스터로 구별되는 놈이었기 때문이었다.

'일단 처음은 간부터 봐 볼까.'

화아아!

콰가가가!

유신운이 조화신기를 끌어 올리며 그 또한 화웅에게 몸을 날렸다.

다음 순간, 공간을 접어 달리듯 이동한 두 사람이 격돌했다.

"죽엇!"

화웅의 검날 위로 가공할 기운을 쏟아 내는 모래 구슬들이 회전하고 있었다.

아누비스의 힘과 합쳐져 탄생한 사검환(沙劍丸)이었다.

파밧!

유신운이 진각을 박차며 허공으로 뛰어 오르며 일초(招)를
펼쳐 냈다.

화르르륵!

콰아아!

직선으로 내리그은 흑마염태도가 진노를 토해 냈다.

그렇게 사검환과 마염강이 맞부딪친 순간.

콰가가강!

콰가가!

발생한 엄청난 충격파가 사위를 덮쳤다.

바삐 검을 휘두르던 양쪽 진영의 군세 모두 깜짝 놀랄 위
력이었다.

곧이어 여파가 잠잠해지며 드러난 화웅의 표정은 득의양
양함이 가득했다.

'됐다!'

분명히 그의 힘이 유신운에 비해 근소하나마 우위를 점했
기 때문이었다.

'흐음, 아누비스의 모래는 모든 불꽃을 꺼뜨린다. 상성상
조금 불리하군.'

유신운이 그렇게 평을 내리던 찰나.

"하앗!"

타다다!

파바밧!

승기를 확실히 굳히기 위해 화웅이 멈추지 않고 공격을 이어 갔다.

우우웅!

스아아!

한 손에 든 검에 사검환을 그대로 유지하며 다른 손에 아누비스의 권능을 시전하였다.

허공에 흩날리던 모래알이 화웅의 손 위에 결집하며, 이내 모양을 갖추기 시작했고.

마침내 하늘에 뜬 초승달을 연상케 하는 거대한 모래 칼날이 완성되었다.

쐐애액!

콰가가가!

곧이어 공기가 찢어지는 파공성과 함께 사검환들과 크레센트 커틀라스(Crescent Cutlass)가 동시에 유신운에게 날아들었다.

촤아아!

그그극!

그에 유신운은 재빨리 흑마염태도를 역수로 쥐며 칼끝으로 땅을 그었다.

그 순간, 일자로 그어진 땅에서 마염으로 이루어진 방벽이 솟구쳐 올랐다.

뇌운십이검 도식(刀式).
변초.
염뢰벽(炎雷壁).

콰르르릉!
콰르릉!
염뢰벽과 격돌한 사검환과 크레센트 커틀라스는 거대한
폭음을 만들었다.
'이런!'
그러던 그때, 염뢰벽의 이상을 발견한 유신운이 발을 굴러
빠르게 뒤로 물러났다.
퍼퍼펑!
퍼펑!
염뢰벽을 뚫어 내고 파고든 사검환과 크레센트 커틀라스
가 방금 전까지 유신운이 서 있던 자리를 엉망진창으로 만들
었다.
하나 유신운 또한 가만히 당하고만 있지는 않았다.
공격을 모두 회피한 유신운이 조화신기가 일렁이고 있는
자신의 오른손을 꽉 움켜쥐었다.
콰가가가!

콰가가!

뇌운십이검 도식.
변초.
염뢰벽 파쇄염살(破碎炎殺).

그러자 염뢰벽이 산산이 부서지며 그 파편들이 폭우처럼
화웅의 머리 위로 쏟아져 내렸다.
"가소롭구나!"
화웅이 비릿한 미소를 지으며 손을 높이 들어 올렸다.
스아아!
티티팅!
그러자 이번에는 모래알이 둥근 원형의 방패 형태로 변화
하며 마염의 파편을 모조리 튕겨 내었다.
이초(二招)를 방어에, 삼초(三招)를 공격에 사용했지만 모두
완벽히 파훼되는 순간이었다.
분명히 마염으로는 한계가 있었다.
'흠, 크라켄의 힘을 빌려 오면 되지만, 흑마염태도에 빙기
를 담을 순 없는데…….'
삼첨도는 소신의 도플갱어에게, 융독겸은 귀면랑 도플갱
어에게 들려 놓은 상태였기에, 사용할 무기가 마땅치 않았
다.

유신운이 고민하던 그때였다.

-냥냥.

'으응?'

갑자기 발치에서 흑점이의 울음이 들려왔다.

"……그건?"

당황한 유신운이 시선을 아래로 내리자, 흑점이가 입에 웬 물건 하나를 물고 있었다.

유신운이 녀석이 가져온 물건을 집어 들자, 일련의 시스템 메시지가 주르륵 떠올랐다.

[플레이어의 영수, '백액호'가 권능 '악기포식(惡氣捕食)'으로 저급 보패, '건곤권'을 정화하는 데 성공하였습니다.]

[보상으로 '건곤권'의 신규 권능, '수월륜(水月輪)'을 획득하였습니다.]

[해당 권능은 플레이어만이 사용 가능합니다.]

따로 명령도 하지 않았건만, 흑점이가 또 다른 권능을 발현해 놓았던 것이다.

후에 제대로 확인해 보아야겠지만, 악기포식의 권능은 설명을 보아하니 적들이 만든 양산형 보패의 타락한 사기(邪氣)를 흡수하여 정화시키는 능력인 모양이었다.

"고맙다, 흑점아. 이제 안전한 곳에서 기다리렴."

－냐옹!

자신의 임무를 다한 흑점이가 그의 발에 얼굴을 비비고는 후다닥 멀리 뛰어갔다.

유신운이 흑마염태도를 회수하곤 흑점이가 가져온 건곤권 한 쌍을 양팔에 착용했다.

스아아아!

촤아아!

조화신기가 깃든 건곤권에서 청정하기 그지없는 기운이 넘실거리기 시작했다.

"네, 네놈이 어떻게 그 물건을?"

그 모습을 확인한 화웅이 경악했다.

한데 그럴 만도 했다.

저 보패들은 오로지 은총의 힘을 받은 자만이 사용할 수 있게끔 만들어진 물건이었기 때문이었다.

[저급 보패, '건곤권'을 착용하셨습니다.]

[고유 권능, '차력(借力)'이 발동됩니다.]

[고유 권능, '수월륜'이 발동됩니다.]

스아아!

쿠아아아!

건곤권의 주변으로 선명한 푸른빛의 수기(水氣)가 차올랐다.

타닷!

다음 순간, 유신운의 신형이 흔적조차 남지 않고 사라졌
다.

'어, 어디에?'

그 움직임을 놓친 화웅이 두 눈만 끔뻑이던 그때.

"……헙!"

갑작스레 유신운이 그의 코앞에 나타났다.

이형환위조차 뛰어넘는 신법의 최상승의 경지가 발현되어
있었다.

우우우웅!

우우웅!

유신운의 양손에서 건곤권이 짐승의 울음을 토해 내고 있
었다.

당황한 화웅이 다급히 방어 태세를 갖추려 했지만.

쐐애액!

퍼어엉!

퍼퍼펑!

그의 복부에 꽂히는 유신운의 권격이 압도적으로 빨랐다.

수월륜의 권능으로 인해 수기로 충만한 유신운의 사초(四
招), 오초(五招)의 철권(鐵拳)이 북 터지는 소리를 만들었다.

"……!"

유신운의 쌍권에 제대로 적중당한 화웅은 치밀어 오르는 극도의 고통에 신음조차 흘리지 못했다.

순간적으로 암전이 되듯 시야가 검게 변할 정도였다.

그가 마지막 남은 정신을 부여잡고 뒤로 한참을 물러났다.

"그어억! 우에엑!"

그리곤 거칠게 토악질을 하며 속에 있던 모든 것을 게워 냈다.

승리를 장담했던 그의 자신감은 어느새 산산이 부서져 있었다.

그의 두 눈동자에는 격이 다른 힘을 지닌 상대에 대한 공포와 절망만이 남아 있었다.

'이, 이대로는 안 된다. 더욱 많은 힘이 필요해.'

화웅이 피가 배어 날 만큼 세게 이를 악물며 자신이 지닌 마지막 힘을 사용하였다.

스아아아!

촤아아!

오염된 마나가 요동치더니, 곧이어 화웅의 주변에만 넘실 거리던 모래가 전투를 치르고 있는 양 진영의 모든 병사들에 게 흩날리기 시작했다.

"으윽! 이, 이게 무슨?"

"크흡! 내, 내기가 사라지고 있어."

기운이 흡수당하고 있는 백운세가 진영의 무인들의 안색

이 나빠지고 있었다.

'오시리스의 심판인가.'

아누비스의 가장 강력한 힘 중 하나인 오시리스의 심판은 피아를 가리지 않고 주변에 존재하는 모든 이들의 힘을 강제로 흡수하는 능력이었다.

'흐음, 이 힘까지 합쳐지면 정말 또 하나의 벽을 넘겠는데?'

유신운은 그렇게 알 수 없는 감상을 하며 육초(六招)를 시전했다.

스아아!

조화신기를 몸에 두른 유신운이 청낭 선의술을 발동했다.

유신운의 전신에서 흘러나온 무결한 기운이 곧 백운세가 진영의 무인들에게 깃들기 시작했다.

[플레이어가 '조화신기'로 청낭 선의술, '체혼성신(體魂成神/sss)'을 사용하는 데 성공하였습니다.]

[아군에게 걸린 모든 디버프 효과가 해제되었습니다.]

체혼성신 덕택에 백운세가 진영의 무인들의 낯빛이 모두 정상의 것으로 돌아왔다.

"끄아아! 사, 살려 줘!"

"……끄으, 부련주님, 왜 저희에게……."

그로써 이제 고통에 찬 신음을 쏟아 내는 인물은 오로지 사파련의 무인들뿐이었다.

"마, 말도 안 돼. 이, 이럴 수는 없어."

자신이 일으킨 참상을 바라보며 화웅의 눈동자가 지진이라도 난 듯이 흔들렸다.

그리고 유신운은 놈의 평정심이 흔들리는 그 순간을 놓치지 않았다.

"진광라흡원진공, 숨결 강탈. 전력 개방."

[플레이어가 '조화신기'로 스킬, '숨결 강탈'을 사용하는 데 성공하였습니다.]

[플레이어가 '조화신기'로 무공, '진광라흡원진공'을 사용하는 데 성공하였습니다.]

[같은 효력을 지닌 스킬과 무공이 연계되었습니다.]

[히든 효과가 발휘됩니다.]

[스킬과 무공의 효과가 1.5배 증가합니다.]

스아아아!

콰아아!

전황이 완전히 뒤바뀌었다.

어둠이 빛을 빨아들이는 것처럼 화웅을 비롯한 사파련 무인들의 모든 기운이 유신운에게로 흘러들고 있었다.

기운을 흡수하는 분야에 있어서 유신운은 최강자의 위치에 올라 있었다.

'기, 기운이……?'

화웅은 구멍이 뚫린 것처럼 빠져 나가기 시작하는 자신의 기운에 당혹감을 숨기지 못했다.

"끄으으!"

그와 함께 마치 온몸이 타들어 가는 고통이 시작되자, 화웅 역시 신음을 참지 못했다.

그와 함께 그의 온몸이 마른 나뭇가지처럼 빠르게 말라 가기 시작했다.

파바밧!

천둥이 내리꽂힌 것처럼 일순간 사위가 번쩍이더니, 유신운의 신형이 또 한 번 사라졌다.

이제는 그 흔적도 눈으로 쫓을 수가 없었다.

'……이자야말로 진정 괴물이다.'

자신은 목숨과 바꾸며 얻은 힘을 상대는 마치 원래부터 자신의 것이었던 듯이 너무도 손쉽게 통제하고 있었다.

'아아, 사파련이여.'

순간, 그의 머릿속에 자신의 평생을 바친 이곳이 상대의 손에 먼지가 되어 사라지는 참혹한 상상이 떠올랐다.

"자, 이제 마지막이다."

쐐애액!

콰가가가!

다시금 모습을 드러낸 유신운이 팔초(八招), 구초(九招)의 연격을 쏟아 냈다.

콰아아앙!

무방비로 모든 공격을 허용당한 화웅이 유신운의 권격에 담긴 힘을 버티지 못하고 허공을 날아 바닥을 나뒹굴었다.

그의 복부에 커다란 두 개의 구멍이 생겨나 있었다.

피부 철철 흘러넘쳤다.

"쿨럭!"

비틀거리며 겨우 몸을 일으킨 화웅이 검은 피를 토해 냈다.

'저, 적어……도…… 저놈……만은…….'

그리곤 생기가 전혀 없는 눈동자로 유신운이 아닌 흑명왕을 바라보았다.

파바밧!

다음 순간, 마지막 기운을 끌어올린 화웅이 유일랑에게 달려들었다.

자폭을 하며 동귀어진을 할 속셈이었다.

하지만 그 뒷모습을 한심하게 바라보며 유신운은 쯔쯔, 하고 혀를 찼다.

'미친놈, 늑대를 피하려고 호랑이한테 달려들다니.'

스르릉!

자신에게 날아드는 부나방을 바라보던 유일랑이 천천히 자신의 검을 뽑아 들었다.

　그러고는 가볍게 머리 위에서 아래로 내리그었다.

　그러자.

　콰가가가가!

　천지가 갈라지듯 뇌성벽력이 터져 나왔고.

　그에게 달려들던 화웅의 몸에 사선의 핏자국이 그려졌다.

　서거걱!

　쿠웅!

　소름 돋는 절삭음과 함께 두 조각이 된 화웅의 시체가 지면에 몸을 뉘었다.

　그리고 잠시간.

　전장에 침묵이 내려앉았다가.

　"와아아아!"

　"우아아!"

　자신들의 승리를 깨달은 백운세가의 진영에서 함성이 터져 나왔다.

　"우리가 이겼다!"

　"적장을 쓰러뜨렸다!"

　백운세가의 무인들이 머리 위로 검을 높이 들며 환호성을 터뜨렸다.

　그들은 기운이 흡수당해 이제 목내이 신세가 된 잔당을 흡

쓸어 버리기 시작했다.

전장이 정리되는 모습을 확인한 유신운이 슬며시 유일랑에게 다가왔다.

"자, 십 초도 아니고 구 초 만에 잡았습니다. 이 정도면 만족하시죠?"

하지만 유일랑은 고개를 절레절레 가로저었다.

그러고는 손가락으로 먼저 자신을 가리켰다가 쓰러진 화웅의 시체를 가리켰다.

그러자 뜻을 이해한 유신운이 방방 뛰었다.

"아니, 영감님이 다 했다뇨. 막타만 치시고서 그렇게 뻔뻔하게 구실 겁니까?"

사파련과 전쟁을 치르고 있는 상황에서 조금의 긴장감도 없는 그런 두 사람을 보며.

백운세가 진영의 무인들이 서로를 보며 너털웃음을 짓고 있었다.

사파련 내성.

본궁의 대전에 사파련주 북리겸을 비롯해 사파련의 간부 전원이 자리하고 있었다.

그들의 표정은 하나같이 딱딱하게 굳어 있었다.

하지만 어쩔 수 없었다.

아까부터 이어지고 있는 수하들의 보고에 승전보가 단 하나도 없었기 때문이었다.

"외성 후문 함락! 부련주님의 사망이 확인되었습니다!"

"외성 북문 함락!"

"외성 서문 함락!"

"남문 함락 직전! 지원 병력이 필요합니다!"

"급보입니다! 마교의 군세가 신강의 광풍각의 잔존 병력을 전멸시키고 신강성을 장악했습니다."

"백운세가 연합군의 병력이 전부 본궁으로 향하고 있습니다."

사파련이 탄생한 이래, 지금까지 단 한 번도 뚫린 적이 없던 외성이 모두 함락되었다.

게다가 호시탐탐 틈을 노리고 있던 천산의 마교가 움직여 신강을 장악하였다.

게다가 북리겸의 오른팔이라고 할 수 있던 부련주 화웅이 죽음을 맞이하기까지 했다.

며칠 후 있을 기습만을 계획하느라 아무런 방비도 하지 못하고 있던 탓에 피해가 걷잡을 수 없이 커진 것이다.

최악의 상황에 싸늘한 침묵만이 본궁에 가라앉아 있던 그때.

"최악이군."

북리겸이 조소를 지으며 한마디를 내뱉었다.

간부들은 똑같이 입을 다물었다.

감히 대답을 할 수 있는 자가 없었다.

북리겸이 그런 그들을 한심하게 바라보며 말을 이어갔다.

"모든 교도들에게 은총의 힘을 개방하도록 명해라. 그리고 준비해 두었던 모든 요괴 강시 병력을 전부 해방한다."

"……전부를 말입니까?"

"……련주님, 그렇게 독단적으로 결정하셨다가는 승리한다 해도 본단에서 결코 가만있지 않을 겁니다. 대계를 위해서 최소 5할의 병력은 남겨 두셔야 합니다."

북리겸의 명을 들은 수하들이 당황하여 대답했다.

요괴 강시들은 혈교주의 대계에 필수적인 물건들이었다.

이들을 모두 투입했다가 큰 피해를 입힌다면 전투를 승리한다 해도 자신들의 목숨은 산 것이 아니었다.

하지만 북리겸은 자신의 뜻을 끝까지 밀고 나갔다.

"말했듯이 '전부'다. 그리고 초월급 요괴 강시 2기도 투입한다."

"련주님! 그건 절대 안 됩니다. 놈들은 아, 아직 미완성으로 통제가 불가능합……!"

권좌에 앉아 있던 북리겸의 신형이 전광석화처럼 움직이더니, 곧 그의 명에 토를 달던 간부의 앞에 나타났다.

"크킥, 려, 련주…… 님."

북리겸은 한 손으로 간부의 목을 조른 채 위로 들어 올렸다.

간부가 시퍼렇게 질린 얼굴로 허공에서 살기 위해 발버둥을 쳤다.

뿌득!

쿠웅!

순간 목뼈가 부러지는 섬뜩한 소음과 함께 힘을 잃고 축 늘어진 간부의 시체가 바닥에 엎어졌다.

"주인의 말을 거역하는 개새끼는 죽어 마땅하지. 그렇지 않나?"

"며, 명을 받들겠습니다!"

장내에 있던 간부들은 평생을 따른 수하를 죽이고도 일말의 감정을 보이지 않는 북리겸을 보며 몸을 벌벌 떨었다.

"이제 저곳만 돌파하면 북리겸이 자리하고 있을 본궁이 나올 겁니다."

청성파의 정문의 말에 유신운이 적들이 마지막 방어선을 치고 있는 내성의 성벽을 바라보았다.

높고 굳건히 세워진 외성의 성벽과 달리 내성은 성벽이라는 말이 우스울 정도로 조악한 수준이었다.

외성이 뚫리고 이곳까지 적들이 감히 침입하지 못하리라는 그들의 오만함이 깃들어 있었기 때문이었다.

"연이은 패전으로 적들의 사기가 최악인 상태인데, 지금 강행 돌파하는 것이 어떨까요?"

그때 당소정이 말을 꺼냈다.

그들은 어느새 자연스럽게 유신운을 연합군의 총사령관으로 대우하고 있었다.

'강행돌파라…….'

유신운은 빈틈이 훤히 보이는 적들의 진영을 보며 잠시간 생각에 잠겼다.

분명히 당소정의 말은 가장 이상적인 계책이다.

확실히 승기를 잡은 시점에 굳혀야 반전의 여지를 주지 않을 수 있기 때문이었다.

그러나 유신운은 성급하게 움직이지 않았다.

"잠깐만 실례하겠소."

"어, 어엇! 유 가주!"

저벅저벅.

그는 두 사람과 호위 병력을 전부 뒤로 물리고는, 홀로 내성을 향해 걸어갔다.

'조용해도 너무 조용해. 뭔가 수상하다.'

성벽 어디에도 적군의 모습이 하나도 비치지 않는 것이 그의 의심을 불러일으키고 있었다.

유신운이 무방비 상태로 홀로 성큼성큼 걸어가는 모습을 보며, 당소정과 정문을 포함한 모든 이들이 당혹감을 숨기지 못하고 있었다.

스르릉!

하지만 유신운은 그런 그들을 무시하며 흑마염태도의 도파에 손을 올렸다.

우우웅!

콰가가가!

그와 동시에 조화신기가 맹렬히 끓어오르자 도명(刀鳴)이 시끄럽게 울려 퍼졌다.

'쥐새끼처럼 숨어 있다면 강제로 나오게 해 줘야겠지.'

유신운이 한 발을 뒤로 빼고 몸을 낮추며 발도식의 자세를 취했다.

'저건!'

한데 그 순간, 무슨 이유에선가 유신운의 모습을 바라보던 천서린의 눈동자가 지진이라도 난 듯이 흔들렸다.

촤아아아!

이윽고 유신운이 흑마염태도를 발도하며 전방의 성벽을 횡으로 베어 냈다.

뇌운십이검 신운류.

도식 오의(奧義).

뇌광은참(雷光銀斬).

그그그그!

콰가가가강!

유신운의 도에서 수천의 벼락이 뿜어졌다.

횡으로 베어지며 발생한 천뢰의 참격은 내성의 성벽 전체에 격돌하더니, 곧 쩌렁쩌렁한 소음을 내며 거대한 파괴를 만들었다.

가공할 위력에 성벽의 파편이 허공에 비산했고, 짙은 흙먼지가 사위를 뒤덮었다.

마치 거대한 재해(災害)가 휩쓸고 지나간 듯한 참상이었다.

유일랑을 제외한 모든 백운세가 연합군의 무인들이 경천동지한 위력을 보인 유신운의 신위에 그저 입을 쩍 벌리며 감탄을 흘릴 수밖에 없었다.

"으으! 쿨럭!"

"크윽!"

그때, 붕괴한 내성벽의 파편 속에서 고통에 찬 신음이 흘러나왔다.

백운세가의 연합군이 돌격하기만을 기다리고 있던 사파련의 무인들이 뇌광은참에 휩쓸려 참혹한 상태가 되어 바닥에 널브러진 것.

그 모습을 확인한 유신운은 아무렇지 않게 흑마염태도를

회수하고는 정문과 당소정에게 다가왔다.

"이제 돌격해도 될 것 같소."

상상을 초월한 수준의 무공을 펼쳤음에도 지친 기색을 조금도 비치지 않는 유신운을 보며 두 사람은 당황을 숨기지 못했다.

하지만 그것도 잠시뿐, 그들은 현재의 상황을 다시금 인식하며 자신들의 본분을 다했다.

"성벽이 무너졌다! 적을 쳐라!"

"북리겸을 처단하자!"

그들의 외침과 함께 백운세가 진영의 모든 무인들이 달려들려 하고 있었다.

그러나 그때.

처척!

음험한 빛줄기가 번뜩이며 유신운과 버금가는 막대한 기운을 쏟아 내는 한 존재가 모습을 드러냈다.

"우습구나. 자신의 분수도 모르고 날뛰는 꼴이라니."

"……!"

모두의 눈동자가 커다랗게 떠졌다.

사파련의 주인, 북리겸이 그 모습을 드러낸 순간이었다.

유신운과 북리겸의 시선이 허공에서 맞부딪쳤다.

유신운은 그의 전신에서 넘실거리는 음의 마나와 내기를 보며 상대가 자신의 예상보다 높은 경지에 올라 있음을 깨달았다.

'현경을 넘어섰군. 놈도 조화경에 이르렀을 줄이야.'

그랬다.

북리겸 또한 현경을 넘어 조화경에 발을 들이고 있었던 것이다.

'하지만 아직 기운을 완벽히 다루지는 못하고 있다는 것이 그나마 나은 일이군.'

북리겸의 기운은 한눈에 보기에도 불완전한 모습을 보이고 있었다.

아무래도 조화경의 초입에 오른 지 얼마 되지 않은 것 같았다.

하나 침착한 유신운에 비해 북리겸의 심정은 혼란스럽기 그지없었다

'……나의 기운에 조금도 영향을 받지 않고 있어. 말도 안 돼. 정말로 저리도 어린 나이에 나와 비등한 경지를 이뤘다고?'.

티를 내지 않으려 했지만, 그의 얼굴에 불쾌함이 떠올랐다.

담천군을 처음 보았을 때 어렴풋이 느꼈던 압도적인 무재의 차이가, 눈앞의 상대에게서도 느껴졌기 때문이리라.

'그래 보았자 나에겐 은총의 힘이 있다. 담천군도 이놈도 죽여 버리면 그뿐이야!'

다음 순간 살기 어린 눈빛을 번뜩이며, 북리겸이 사자후를 터뜨렸다.

"먹잇감들이 알아서 입속으로 들어와 줬구나! 모두 적들을 집어삼켜라!"

크르르르!

크아아아!

곧이어 결코 인간의 것이 아닌 짐승의 울음이 사방을 뒤덮었다.

"헉! 저, 저놈들은!"

"가, 강시다!"

"요괴?"

북리겸의 등 뒤에서 기다렸다는 듯 수많은 요괴 강시들과 일반 강시들, 은총의 힘으로 몬스터화가 진행된 사파련의 무인들이 미친 듯이 쏟아져 나오고 있었다.

크르르르!

크아아!

한눈에 보기에도 놈들은 정신이 온전한 상태가 아니었다.

오로지 살육만을 위해 움직이는 괴물이 된 그들은 백운세가 연합군을 무차별적으로 공격하며 미쳐 날뛰고 있었다.

"크윽! 방어선을 구축해라!"

"놈들을 놓치면 양민들에게 피해가 간다! 모두 죽을 각오로 임해라!"

혹여나 자신들이 놓친 놈들이 양민들에게 달려들까, 백운세가 연합의 무인들이 이를 악물고 놈들을 상대하고 있었다.

"크윽!"

"흐읍!"

하지만 쉽지 않은 듯, 곳곳에서 신음이 흘러 나왔다.

수적으로는 백운세가 연합의 무인들이 많았지만, 요괴 강시들과 몬스터들의 힘이 그들을 가볍게 상회하고 있었기 때문이었다.

예상과 달리 자신들이 완벽히 밀리는 형국이 펼쳐지자, 당소정과 정문이 바쁘게 검을 휘두르며 유신운에게 말을 꺼냈다.

"백운가주, 다른 방책이 필요합니다! 이대로 두었다가는 저희 무사들의 피해가 걷잡을 수 없이 커질 겁니다!"

"방어선이 뚫리면 양민들에게까지 피해가 갈 수 있습니다!"

그들의 말을 들은 유신운이 고심했다.

이 상황을 타개할 수 있는 방법은 오로지 하나뿐이었다.

'어쩔 수 없다.'

"소신의."

이어 유신운은 자신을 흉내 내고 있는 소신의의 도플갱어를 불렀다.

도플갱어가 신법을 발휘해 그들의 곁에 다가오자, 유신운이 사뭇 진지한 표정으로 말을 꺼냈다.

"소신의, 그 힘을 사용하시지요."

유신운의 말을 들은 도플갱어가 뜻을 이해했다는 듯, 제 고개를 끄덕였다.

스아아아!

좌아아!

소신의의 몸에서 순수한 음의 마나가 아지랑이처럼 피어 오르기 시작했다.

우우웅!

스아아아!

다음 순간, 땅에 수없이 많은 소환진이 그려지기 시작했다.

그리고 그 속에서 스켈레톤을 위시한 언데드 소환수들 그리고 비유(肥口)와 요괴 소환수들이 모습을 드러냈다.

유신운은 소신의의 힘이라고 속여, 언데드 소환수들을 사람들 앞에 불러낸 것이었다.

"이, 이건?"

"또 다른 요괴들이 나타났어?"

백운세가의 무인들이 당혹감을 숨기지 못하던 그때.

"적들을 물리치고 양민들과 무인들을 도와라!"

따닥!

크아아아!

도플갱어의 명령에 따라 언데드 소환수들이 강시들을 공격하기 시작하였다.

정체불명의 존재들을 보며 북리겸의 눈동자에 처음으로 당황의 빛이 떠올랐다.

'저것들은 대체? 소신의의 정체가 술법사였단 말인가!'

하나 그는 이내 사악한 미소를 지어 보였다.

소신의가 사도를 걷는 이라면 적들을 충분히 흔들어 놓을 수 있기 때문이었다.

"당소정! 정문! 네놈들이 그따위 사술을 사용하고도 진정 정파라 불릴 수 있겠느냐!"

북리겸은 백운세가의 결속을 흔들 수는 없으니, 당가와 청성을 뒤흔들어 놓기로 결정했다.

하지만.

"그래, 이전이었다면 소신의의 힘을 인정하지 못했겠지."

적들의 반응은 그의 예상과 달랐다.

"하지만 나는 담천군과 타락한 구파를 보며 깨달았다. 겉으로 보이는 위선에 힘쓰는 자가 아닌 안에 담고 있는 뜻이 바로 선 자가 진정한 정도를 걷는 이라는 것을."

당소정이 말하자, 정문이 말을 이었다.

"그가 양민들을 돕기 위해 사용하는 힘이 사술이면 어떠하고 사공이면 어떠하랴! 결국 사람들을 구하기 위해, 정의를 실현하기 위해 힘쓴다면 그가 백도이다! 우리 또한 그를 도울 것이다!"

그들의 말에 백운세가 진영의 무인들의 눈동자에 다시금
정기가 깃들기 시작하였다.

〰

크아아!

전갈과 인간을 뒤섞어 놓은 듯한 반인반수의 몬스터, 베넘
스콜피언들이 백운세가의 무인들을 공격하고 있었다.

촤아악!

찔리는 순간 즉사할 정도의 맹독을 담고 있는 뾰족한 꼬리
가 작살처럼 휘둘렸다.

"흡!"

시야의 사각을 노리며 들어온 꼬리를 뒤늦게 확인한 백운
세가의 무인이 헛숨을 삼켰다.

어디에도 회피할 데가 없었다.

그가 자신의 죽음을 직감한 그때였다.

쐐애액!

서거걱!

뒤편에서 날아든 날카로운 일검이 요괴의 꼬리를 그대로
베어 냈다.

안도의 한숨을 내뱉으며 고개를 돌려 구명의 은인을 확인

한 그는 깜짝 놀랄 수밖에 없었다.

자신을 도운 건 다름 아닌 전신이 백골(白骨)만 남은 괴이한 존재였기 때문이었다.

'정말로 소신의의 수하들이 우리를 돕는구나!'

또다시 그의 마음속에 두려움이 떠올랐지만, 이내 당소정과 정문의 말을 되새기며 마음을 다잡았다.

"고, 고맙소."

ㅡ따닥.

사내가 떨리는 목소리로 고개를 꾸벅이며 말하자, 스켈레톤이 턱뼈를 맞부딪치며 경쾌하게 대답했다.

그 모습이 마치 동료라면 당연한 일이라는 듯 보였다.

망자의 모습을 하고 있지만 마치 살아 있는 이처럼 분명한 감정이 전해지자, 사내의 굳었던 표정이 서서히 풀어졌다.

'살의(殺意)만이 가득한 저놈들과는 아예 다른 존재들이다.'

사내는 작은 의심조차 버리고 유신운의 소환수들을 진심으로 동료로 인정했다.

"자, 그럼 다시 가 봅시다!"

순간 사내가 검파를 쥔 손에 다시금 힘을 꽉 주며 자신을 구해 준 스켈레톤과 함께 발을 맞춰 적에게 달려 나갔다.

"내가 암기를 뿌려 시야를 가릴 테니, 그때 적들을 해치워 주시오!"

ㅡ크르르!

"정말 등에 올라타도 되겠소?"

-그릉!

그리고 전장의 곳곳에서 이런 모습들이 펼쳐지고 있었다.

소환수들과 백운세가 진영의 무인들이 힘을 합쳐 적들을 휩쓸고 있었다.

분명히 개개인을 보자면 은총의 힘을 지닌 사파련의 무사들이 객관적으로 더욱 강력한 힘을 지니고 있었으나.

유신운의 소환수들과 무인들이 서로 간에 힘을 합치며 그 격차를 완벽히 극복하고 있었던 것이다.

'이게 대체 무슨······?'

손쉽게 압도할 거라 예상했던 요괴 강시들이 밀리기 시작하자, 북리겸의 얼굴에 당황과 분노의 빛이 떠올랐다.

순간 북리겸의 시선이 유신운에게로 향했다.

이 상황이 마치 모두 예상되었다는 듯 기쁜 기색조차 없는 상대를 보며 그는 더욱 혼란스러울 따름이었다.

'······설마 소신의 저 한 놈의 법력(法力)이 혈교 전체의 술사들과 동등하다는 건가?'

하지만 그는 상대에게 들키지 않을 정도로 작게 고개를 저었다.

그건 정말이지 말도 안 되는 일이라 생각한 것이다.

빠득!

소리가 나게 이를 갈며 북리겸이 후방에 있는 아직 인간의 형상을 한 수하들을 향해 커다랗게 소리쳤다.

"보패를 지닌 이들은 모두 힘을 개방하라!"

처척!

처처척!

그의 말이 끝나기가 수하들이 무섭게 품에서 작은 기와처럼 생긴 물건을 꺼내 들었다.

또 다른 양산형 보패인 '금전(金□)'이었다.

스아아!

차아아!

그들의 기운이 보패에 깃들자 금전이 음험한 빛을 뿜어내며 그들의 머리 위로 높이 떠올랐다.

우우웅!

우웅!

그와 동시에 금전이 짐승의 울음과 같은 거친 진동음을 쏟아 내기 시작했다.

그 광경을 확인한 유신운의 눈동자에 이채가 깃들었다.

유신운은 금전의 공명과 기운의 흐름을 꿰뚫는 순간, 금전이 어떤 보패인지 알아차렸다.

'이런! 번천인과 같은 원거리 타격형 보패다!'

곧 허공에 떠오른 금전들에서 무차별적인 포격이 쏟아질 것을 예상한 그는 조화신기를 더욱 끌어 올렸다.

그러곤 소신의 도플갱어의 입을 빌려 수하와 동료들의 피해를 최소화하기 위해 한 가지 스킬을 시전하였다.

"본 메일, 데스 브링어."

촤아아아!

파아앗!

시동어와 함께 전장에 발을 딛고 있는 모든 백운세가 진영의 무인들의 발치에 마법진이 생성되었다.

"어엇?"

"이, 이건?"

갑작스럽게 발밑에서 신묘한 광채가 쏟아지자 무인들이 당혹감을 나타냈다.

하지만 곧 그들의 감정은 빠르게 진정되었다.

'이 무슨?'

'내기가 차분히 안정되고 있다고?'

마법진을 통해 그들의 내부에 서서히 스며드는 유신운의 조화신기가 그들의 내기를 잔잔하게 안정시켰기 때문이었다.

촤아아!

촤라라!

그러던 그때, 마법진 속에서 정체불명의 무언가가 모습을 드러냈다.

"헛!"

"⋯⋯!"

당소정과 정문 조차 눈으로 따라가기 벅찬 엄청난 속도로 그것은 순식간에 그들의 전신을 휘감았다.

촤착!

처처척!

어느새, 백운세가의 진영의 무인 전부가 뼈로 이루어진 칠흑의 갑주를 몸에 장착하고 있었다.

그것이 바로 유신운의 보호 스킬, 본 메일의 최종 형태였다.

자신들의 몸을 감싸고 있는 의문의 갑주에 무인들은 놀랐지만.

"금뢰선(金雷線)!"

콰르르르!

콰가가가!

그보다 먼저 북리겸의 일갈과 함께 충전이 완료된 금전에서 수십 줄기의 뇌기가 뿜어졌다.

한눈에도 뇌기들마다 엄청난 기운이 담겨 있는 것을 확인할 수 있었다.

쏟아진 뇌기들은 허공을 마치 살아 있는 뱀처럼 움직이며, 무인들을 집어삼키려 하고 있었다.

"모두 방어태세를 갖……!"

끔찍한 사태가 벌어질 것을 예상한 당소정이 수하들을 자신의 뒤로 물리려 한 그때.

촤아아아!

우우웅!

그녀의 몸을 감싸고 있던 본 메일 데스브링어가 힘을 발휘했다.

촤아아!

'······호신강기?'

그녀의 전신을 휘감으며 검은 광채의 보호막이 모습을 드러냈다.

그리고 물론 보호막이 나타난 것은 그녀뿐만이 아닌 본 메일이 시전된 무인들 전부였다.

순간, 금전의 뇌기가 본 메일 데스브링어의 보호막에 격돌했다.

그리고 다음 순간.

티티티팅!

티팅!

금전의 뇌기는 본 메일 데스브링어의 보호막을 뚫지 못하고 사방으로 튕겨 날아갔다.

"크아아악!"

"끄어어!"

그리고 튕겨 나간 뇌기들은 고스란히 사파련의 무인들에게 되돌아갔다.

뇌기에 감전된 무인들이 온몸을 부르르 떨며 격한 신음을 쏟아 내더니, 결국 까맣게 타들어 가는 시체 신세가 되어 바닥에 쓰러졌다.

'……하마터면 우리가 저 꼴이 될 뻔했군.'

'이 힘만 있으면 저 요괴들을 이길 수 있어!'

전설에나 나오던 보패의 공격 완벽히 막아 낸 갑주의 힘에 백운세가 진영의 무인들이 감탄을 자아냈다.

이어 그들의 마음에 소신의와 유신운에 대한 경외심이 샘솟았다.

"소신의님의 술법이 우리를 지켜 주고 있다!"

"마음 놓고 적들을 해치우자!"

우레와 같은 함성과 함께 본 메일로 무장한 무인들이 적들에게 달려들었다.

그들은 이제 조금의 겁도, 공포도 없이 미친 듯이 각자의 검을 휘두르고 있었다.

'빌어먹을!'

그 모습을 확인한 북리겸이 속으로 욕지거리를 내뱉었다.

보패의 힘으로 적의 기세를 확 꺾어 놓으려 했건만, 오히려 더욱 처참한 결과가 나왔기 때문이었다.

꼬여만 가는 전황에 분노가 차오르던 그때, 뒤편에서 소란스러운 발소리가 들려왔다.

"려, 련주님! 드디어 초월급의 준비가 완료되었습니다!"

'됐다!'

거친 숨을 토해 내며 내뱉은 수하의 말에 북리겸의 얼굴에 그제야 비릿한 미소가 떠올랐다.

"바로 출격시켜라!"

"명을 받들겠습니다!"

수하는 예를 갖춘 후, 곧바로 자신의 등 뒤에 세워 두었던 얼굴에 복면을 덮은 두 존재를 전장으로 데려가기 시작했다.

한편 그런 상황은 모르는 유신운은 검을 맹렬히 휘두르고 있었다.

섬전처럼 펼쳐진 검식에 양손으로 자신의 목을 감싸 쥔 또 한 명의 사파련의 무사가 피를 토하며 앞으로 쓰러졌다.

숨을 고르며 주변을 한번 살펴본 유신운은 작은 미소를 머금었다.

'전세는 확실히 넘어왔군. 이거 북리겸의 재앙의 힘만 제압하면, 생각보다 훨씬 빠르게 끝날 수 있겠는……!'

그런 생각을 하던 찰나.

그의 기감(氣感)에 너무도 위험한 두 개의 기운이 포착되었다.

새롭게 전장에 모습을 드러낸 강시들이었다.

촤아아아!

파바밧!

복면 때문에 얼굴이 보이지 않는 그들을 향해 유신운이 전광석화처럼 달려들었다.

'두 놈 다 최소 화경급이다! 더 큰 피해를 입히기 전에 내가 처치해야 해!'

콰가가!

화르르륵!

달려드는 유신운의 도신에서 검은 마염이 불타오르기 시작했다.

순식간에 의문의 강시들의 발치까지 당도한 유신운이 선풍과 같은 속도로 몸을 회전하며 도식을 펼쳐 냈다.

뇌운십이검 신운류.

보패혼합기.

흑살염(黑殺炎) + 뢰광류하(雷光流河).

흑천류하(黑天流河).

삼라만상을 태워 버릴 듯 피어난 거대한 불꽃이 적들을 집어삼켰다.

엄청난 파괴력에 백운세가 진영의 무인들은 입을 쩍 벌렸지만, 정작 유신운의 표정은 밝지 않았다.

'두 놈 다 막아 냈어.'

눈앞의 상대가 자신의 공격을 너무도 가볍게 막아 냈기 때문이었다.

쐐애애액!

좌아아아!

그러던 그때, 유신운이 만들어 낸 검은 화마(火魔) 속에서 두 개의 검풍이 날아들었다.

타닷!

좌아아아!

유신운이 빠르게 방패처럼 도를 들어 올려 검풍을 막아 냈다.

하지만 검풍에 담긴 기운이 너무도 막강한 탓에 유신운의 몸이 한참을 밀려났다.

그가 발을 딛고 있는 지면이 움푹 패 있었다.

유신운이 검세를 가다듬으며 차갑게 굳은 얼굴로 앞을 노려보았다.

처척.

그러자 염기(炎氣)에 복면이 타들어 간 두 사람의 모습이 서서히 드러나고 있었다.

그들은 한눈에도 강시라는 것을 알 수 있었다.

핏기 하나 없이 시퍼런 그들의 얼굴에 생기가 하나도 없었기 때문이었다.

그러던 그때, 뒤늦게 강시의 정체를 알아차린 몇몇 이들이 경악에 질린 반응을 내보이고 있었다.

"저, 저자는!"

"고검유혼(孤劍幽魂)?"

"사, 사도공(司徒公)! 저자는 분명히 죽었건만!"

고검유혼 사도공.

그는 다름 아닌 전대 사파련주였다.

최초로 십패가 아닌 외부에서 공정한 절차를 따라 맹주의 위에 올랐던 인물로, 서른의 나이에 화경에 올라 말년에는 현경을 바라보던 전대의 초고수였다.

사파임에도 정파와 공존하려는 온건파의 수장이었기에, 그가 살아 있던 순간만 하더라도 무림맹과 큰 갈등이 없었다.

하지만 그가 의문의 급사를 하고 새로운 련주로 북리겸이 추대된 이후, 사파련이 지금과 같이 추락하지 않았던가.

그랬던 존재가 강시가 되어 그들의 앞에 나타나 있었던 것이다.

당소정과 정문을 비롯한 정파의 무인들은 사도공을 보며 놀란 감정이 당최 진정이 되지를 않고 있었다.

하지만 그 순간.

'저자가 왜!'

유신운은 사도공을 신경 쓸 겨를이 없었다.

아직 불꽃에 휩싸여 있는 탓에 다른 이들이 보지 못하고 있는 나머지 하나의 강시가 그의 이목을 집중시키고 있었기 때문이었다.

사도공처럼 전혀 모르는 이가 아닌 과거 자신과 연을 섞었던 인물이 강시가 되어 걸어 나오고 있었다.

지난날, 구룡방과의 싸움에서 자신을 도왔던 이.

그리고 당대의 우내십존의 일좌를 차지하고 있는 존재가, 어떠한 감정도 없는 공허한 눈빛으로 자신을 바라보고 있었다.

그랬다. 남은 하나의 강시의 정체는 다름 아닌…….

금의위(錦衣衛)의 수장, 청룡검(靑龍劍) 유자량(劉子良)이었다.

245화

'대체 황궁에 무슨 일이…….'

일순간 유신운의 머릿속이 복잡해졌다.

그럴 수밖에 없었다.

금의위의 수장인 그가 이런 변고를 입었다면 황실에도 분명히 크나큰 사건이 발생했다는 뜻이었기 때문이었다.

'내 탓이다. 사파련을 신경 쓰느라 근래에 다른 곳까지는 확인하지 못했어.'

그는 자신을 자책했다.

하지만 그것도 잠시, 유신운은 애써 어지러운 심경을 가다듬었다.

급한 불부터 꺼야 했다.

지금 당장은 북리겸을 상대하는 것이 급선무였다.

　유신운은 금세 북해의 한설처럼 차갑게 가라앉은 두 눈으로 사도공과 유자량을 바라보았다.

　스아아아!

　콰아아!

　생전에도 화경의 끝자락이었던 두 무인에게서 가공할 기운이 흘러넘치고 있었다.

　오염된 마나와 내기 그리고 요기와 뒤섞인 기운은 음험하기 짝이 없었다.

　'······일반적인 요괴의 육신으로는 저 힘을 감당할 수 있을 리가 없을 텐데.'

　유신운의 머릿속에 그런 의문이 떠오르던 찰나.

　"처, 청룡검?"

　"우내십존이 당했단 말인가!"

　뒤늦게 유자량을 알아보고 경악한 무인들의 반응이 터져 나오고 있었다.

　"인두겁을 쓰고 무슨 짓거리를 벌인 것이냐! 북리겸!"

　"네놈이 행한 일은 역모다! 이 일을 안 황실이 그저 좌시할 것 같더냐!"

　당소정과 정문 또한 크게 진노하여 북리겸에게 소리쳤다.

　그러자 북리겸이 한쪽 입꼬리를 말아 올리며 비열하게 웃었다.

"끌끌, 걱정하지 말거라. 망자들이 아무리 떠들어 봐야 산 자들이 어찌 듣겠느냐?"

그렇게 북리겸은 이 자리의 누구도 살려 보내지 않으리라 선포하며,

"자, 마음껏 날뛰거라."

사도공과 유자량을 통제에서 해방시켰다.

-끄그그!

-크아아아!

그러자 동시에 두 존재가 결코 인간의 것이 아닌 울음을 토해 내며 앞으로 돌진했다.

파바밧!

쐐애애액!

공기가 찢어지는 파공성과 함께 사도공과 유자량의 신형 이 신기루처럼 모두의 눈앞에서 사라졌다.

'어찌 이리도 빠르단 말인가!'

'시야에서 놓쳐 버리다니.'

눈으로 쫓을 수조차 없는 두 존재의 속도에 당소정과 정문 이 당황하던 그때.

'온다!'

다른 이들과 달리 적의 움직임을 정확히 파악한 유신운은 흑마염태도의 칼날을 곧추세웠다.

파밧!

다음 순간, 유신운의 눈앞에 유자량이 나타났다.

가까이서 마주 보니 그의 피부에 선명한 바늘 자국이 가득했다.

누더기 인형처럼 자신의 것이 아닌 육신을 덕지덕지 기워낸 것 같은 형상이었다.

-크아아아!

우우웅!

콰가가가!

유자량이 비명을 토해 내며 요기가 휘몰아치는 자신의 주먹을 그에게 휘둘렀다.

무공을 발현한 것이 아닌 그저 아무렇게나 휘두른 권격이었지만, 마주하는 유신운은 등줄기에 섬뜩한 소름이 돋았다.

'위험하다!'

그의 감각들이 위험을 알리고 있었다.

유신운이 천근추의 수법으로 왼발에 힘을 뻗자 지면이 콰득, 소리를 내며 움푹 파였다.

그와 동시에 왼발을 축으로 빠르게 몸을 회전한 유신운이 어느새 마염강이 맹렬히 타오르고 있는 흑마염태도를 유자량에게 휘둘렀다.

콰아아앙!

두 사람이 격돌한 순간, 주변으로 엄청난 충격파가 휘몰아쳤다.

파도와 파도가 충돌하는 것처럼, 두 힘이 맞부딪치고 있었기 때문이었다.

그러나 그것도 잠시.

콰가가가!

콰드득!

힘싸움의 결과는 금세 판결이 났다.

'……!'

흑마염태도의 칼날이 유자량의 힘을 견디지 못하고 금이 잔뜩 나 있었다.

'보패가 파손됐다고?'

예상치 못한 상황에 유신운의 눈빛이 흔들렸다.

좌아아!

타닷!

그 빈틈을 놓치지 않고 유자량이 유신운에게로 다시금 거리를 좁혀 들어갔다.

그런 그의 전신에서 더욱 강렬한 요기가 일렁이고 있었다.

유신운은 다급히 사용 불능이 된 흑마염태도를 집어던지고는 가슴 앞에 양팔을 교차했다.

스아아!

조화신기로 탄탄히 엮어 낸 호신강기가 그런 그의 양팔을 휘감았다.

하지만 유신운이 간과한 것이 있었으니.

"······!"

다음 순간, 유자량의 일 권이 닿은 부분의 호신강기가 강제로 소멸하였다.

그건 바로 유자량의 힘이 맞부딪친 상대의 힘을 강제로 소멸시킨다는 사실이었다.

'······평범한 요괴가 아니야. 이건 요괴왕의 힘이다!'

유신운이 유자량의 힘의 근원을 깨달은 그때.

호신강기가 사라지고 연약한 인간의 육신이 그대로 드러난 유신운을, 유자량이 강타했다.

콰가가! 콰아아앙!

거대한 폭음과 함께 유신운의 신형이 권압을 견디지 못하고 허공을 날았다.

"유 가주!"

"이, 이런!"

유신운이 제대로 당한 모습을 처음 목격한 당소정과 정문이 당황하여 소리쳤다.

반면 북리겸은 한껏 기세등등해져 있었다.

'후후, 좋아. 백운신룡은 손쉽게 잡을 것 같고. 흑명왕도 곧 힘의 바닥을 드러내겠군.'

그런 그의 품 안에서 흉험한 빛을 뿜어내고 있는 보석이 있었다.

그 보석은 바로 현재 유자량과 사도공을 조종하게 만들어

주는 근원이자, 사흉(四凶)이라 불리는 네 요괴왕 중 하나의 심장이었다.

'끌끌, 담천군을 제압하기 위해 마지막까지 감춰 두었던 혼돈(混沌)의 힘을 네놈에게 먼저 보여 주는구나.'

혼돈.

눈이 있으나 사물을 볼 수 없고, 두 귀가 있어도 소리를 들을 수 없는 존재.

오로지 그 끝없는 식욕만으로 모든 것을 먹어치우며 살아가는, 네 요괴왕 중 가장 요괴 그 자체에 가까운 존재가 바로 혼돈이었다.

궁기(窮奇)의 힘이 담긴 총운신검을 지닌 담천군을 이기기 위해 북리겸은 비밀리에 혼돈의 행방을 찾았다.

그리고 곤륜산에 잠들어 있던 혼돈을 찾아낸 후 각고의 노력 끝에 놈을 제압할 수 있었다.

그리고 놈의 사체를 가지고 저 괴물들을 탄생시킨 것이었다.

"후우, 후……."

그때, 벽에 처박혔던 유신운이 거친 숨을 토해 내며 다시금 몸을 일으켰다.

그러자 유자량이 다시금 전광석화처럼 그에게 달려들었다.

상대에게 보패 파괴의 힘이 있었기에 유신운은 다른 보구를 소환하지 않은 채 적수공권으로 맞섰다.

콰가가가!

콰드득!

"크윽!"

소름 끼치는 소리가 울려 퍼졌다.

유자량의 주먹과 맞부딪친 유신운의 왼손의 뼈가 산산이 부서진 것이다.

유신운은 침음을 삼키며 비뢰신을 이용해 뒤로 물러났다.

'조화신기가 파훼되다니. 생각지도 못했어.'

최악의 상황이었다.

그는 자신이 너무 상대를 무시했다는 것을 인정할 수밖에 없었다.

하지만 그렇다고 유신운은 승부를 포기하지는 않았다.

자신이 밀리면 모든 이들이 죽음을 맞이하게 될 것이기 때문이었다.

'어쩔 수 없다. 최대한 시간을 끌면서 나 또한 상대가 지닌 힘의 파훼법을 찾는 수밖에.'

그는 청낭선의술로 박살이 난 왼손을 회복시키며 다시금 유자량에게로 달려 들었다.

'아아, 유 가주!'

'빌어먹을! 우리가 도와야 하거늘!'

유신운의 처절한 그 모습을 보며 당소정과 정문이 자신의 무력함에 침음을 흘렸다.

점차 사파련에게 불리했던 전장의 전황이 뒤집히고 있었다.

'좋아, 두 놈 다 혹여라도 시체가 손상되면 안 되니 슬슬 포획 보패의 발동을 미리 준비해 놓아야겠군.'

북리겸은 여유가 넘치는 모습이었다.

한데 그렇게 북리겸이 십천군에게서 받은 보패를 발동시키려던 찰나였다.

꽈아아!

꽈아아앙!

이전과 비교할 수 없는 거대한 폭음이 울려 퍼졌다.

북리겸이 깜짝 놀라 다시금 뒤를 돌아보았다.

"……!"

그리고 그의 눈에 믿을 수 없는 광경이 펼쳐졌다.

분명히 밀리고 있던 흑명왕이 사도공을 일격에 날려 버리고 있었던 것이다.

'어, 어떻게?'

'순마기? 아니야, 저건!'

그 모습을 바라보는 북리겸과 유신운의 표정에 동시에 당황의 빛이 떠올랐다.

그 순간, 유일랑의 전신에서 조화신기의 황금빛과 순마기의 칠흑이 뒤섞인 오묘한 빛깔의 광채가 뿜어지고 있었다.

[플레이어의 소환수, 데스 나이트 유일랑이 조화신기와 자

신의 기운 '?'를 융합시키는 데 성공하였습니다.]

[데스 나이트 유일랑이 본신의 9할의 힘을 회복합니다.]

9할의 힘을 회복했다는 시스템 메시지와 함께 유일랑의 전신에서 그야말로 압도적인 기운이 흘러넘치기 시작했다.

"크읍!"

"커헙!"

ㅡ크륵!

그 기운의 파괴력에 사파련 무인들과 몬스터들이 신음을 흘리며 몸을 비틀거렸다.

순식간에 전 사위를 덮어 버린 유일랑의 기운은 공간 전체를 지배하고 있었다.

'영감님, 설마.'

유신운은 자신이 전투를 치르고 있다는 것도 잠시 잊고 멍하니 유일랑을 바라보았다.

그는 깨달았다.

지금 이 순간 유일랑이, 본인이 여태껏 갈피조차 못 잡고 있던 순마기와 조화신기의 융합을 완벽히 이루어 냈다는 사실을 말이다.

그때, 한 방을 얻어맞고 얼굴의 오른쪽이 무참히 내려앉은 사도공이 겨우 정신을 차렸다.

ㅡ크롸아!

놈은 고통에 찬 신음을 쏟아 내더니, 자신의 모든 기운을 끌어 올리며 유일랑에게 달려들었다.

타다닷!

콰가가가!

유일랑의 혹한의 서리 같은 눈빛이 놈에게 흩뿌려졌다.

콰득!

파밧!

순식간에 유일랑의 지근거리에 당도한 사도공이 진각을 박차며 허공으로 번쩍 뛰어올랐다.

놈이 혼돈의 힘이 일렁이고 있는 자신의 양수를 거칠게 휘둘렀다.

그에 유일랑은 단 한 번의 움직임만을 취했다.

유신운을 포함한 모두가 목격한 것은 그저 유일랑이 자신에게 달려드는 사도공을 향해 가볍게 검을 들어 올리는 모습이었다.

하지만 다음 순간.

그 동작 뒤에 사도공의 모습이 사라졌다.

아니, 정확히 말하자면 그것은 사라진 것이 아니었다.

'……찰나 동안 대체 몇 번을 벤 거지?'

오로지 유신운과 북리겸만이 유일랑의 검의 잔상을 스치듯 훔쳐볼 수 있었다.

어떤 소리도.

어떤 모습도.

적이 보는 것을 허락지 않은 채.

유일랑은 상대를 베어 냈다.

너무도 난자한 탓에 작은 흔적조차 남지 않은 것이었다.

싸아-!

순간, 장내에는 오로지 싸늘한 정적만이 남아 있었다.

파밧!

하나 그 침묵 속을 가로지르며 유일랑이 한걸음에 유신운에게로 다가섰다.

-크에에!

그에 유자량이 엄청난 속도로 뒤로 물러났다.

혼돈의 사체에 남은 본능이 도망을 치라고 경보를 날린 탓이었다.

하지만 놈이 그러거나 말거나 유일랑은 조금도 신경 쓰지 않았다.

그저 유일랑은 자신의 손을 슬며시 유신운의 등에 가져다 댈 뿐.

톡. 토톡…….

그러곤 유일랑은 검지로 유신운의 등에 경혈들을 누르기 시작했다.

'……이건?'

유신운은 그 경혈들이 무척 익숙함을 깨달았다.

그 경혈들은 다름 아닌 그가 처음으로 뇌운십이검의 진정한 무의를 깨달을 때 유일랑이 알려 주었던 곳들이었다.

다만 그때와 다른 점이 있다면.

화르르!

유일랑의 전신에서 흘러넘치고 있는 기운이, 유신운의 온몸으로 은하수처럼 쏟아져 내리고 있다는 점이었다.

[플레이어의 소환수, 데스 나이트 유일랑의 기운이 플레이어의 몸에 흘러들어 옵니다.]

[새로운 기운이 플레이어의 전신을 감쌉니다.]

[플레이어의 모든 능력치가 일시적으로 한계를 돌파합니다.]

[새로운 깨달음을 얻어 조화신기의 완성률이 70%가 되었습니다.]

그동안 꾸준히 오르면서도 69%의 벽에 막혀 있던 조화신기의 완성률이 드디어 벽을 넘었다.

'손자가 당하고만 있는 꼴은 못 보겠구나.'

그와 함께 유신운의 머릿속에 유일랑의 마음이 전해지고 있었다.

'잠시 힘을 빌려줄 터이니, 어디 한번 날뛰어 보아라.'

7장

'……이건 위험하다.'

상황을 지켜보던 북리겸의 눈동자가 지진이라도 난 것처럼 흔들렸다.

담천군을 참살하기 위해 마련한 혼돈의 힘을 간단하게 파훼시킨 흑명왕에 대한 충격이 그 첫 번째 이유였고.

스아아!

촤아아아!

흑명왕과 달리 유자량에게 밀리고 있던 유신운이 갑자기 유일랑과 같은 기운을 맹렬히 뿜어내기 시작한 것이 두 번째 이유였다.

시간이 지나면 지날수록 유신운의 기운은 더욱 파괴적으

로 변하고 있었다.

'이 정도의 기운은 담천군…… 아니, 그분에게밖에서는……'

그 압도적인 기운을 경악에 가득 찬 눈으로 바라보던 북리겸은 유신운의 모습에서 잠시나마 자신의 주인의 잔상을 확인하고는, 말도 안 되는 생각이라는 듯 자신의 고개를 가로저었다.

그러던 그때였다.

스르르.

마침내 유신운이 감고 있던 눈을 떴다.

어느새 그의 두 눈동자에 심해의 바다와 같은 침착함이 깃들어 있었다.

자신의 주먹을 두어 번 쥐어 본 유신운은 고개를 들어 자신의 적을 바라보았다.

파밧!

-크, 크르르.

그저 바라본 것뿐이었음에도 유자량은 순간적으로 화들짝 놀라며 한참을 물러났다.

마치 겁에 질린 짐승과 같은 모습을 보이는 상대를 무시하며, 유신운은 내부에 깃든 자신의 힘을 조용히 관조했다.

'……이게 순마기마저 받아들인 조화신기의 힘인가.'

그저 놀라울 따름이었다.

이전과 다른 것은 단 하나.

순마기가 더해졌다는 것이었으나, 조화신기는 그 결과 상상조차 하지 못했던 범주까지 성장하여 있었다.

'하아, 이제는 도대체 언제 영감님을 넘어설 수 있을지 감도 안 잡히네요.'

끝이 보이지 않는 새로운 힘의 발견에 유신운은 유일랑에 대한 경외심이 차올랐다.

이제야 은연중에 품고 있던 유일랑에 대한 하나의 의심이 확신이 되었다.

그건 바로 유일랑이 이미 조화경의 영역을 넘어, 인간의 한계를 벗어나 선인조차도 감히 감당할 수 없다는 인외의 경지.

생사경(生死境)이라는 전설 속의 경지에 도달했었다는 추측이었다.

'하지만 포기는 없습니다. 언젠가는 반드시 따라잡을 겁니다.'

아직은 작은 실마리조차 잡히지 않았지만, 유신운은 그렇게 속으로 뇌까렸다.

'자, 그럼 슬슬 가 볼까.'

새로운 조화신기의 통제가 완벽해진 순간, 유신운이 기운을 발바닥의 용천혈(湧泉穴)에 집중했다.

그리고 다음 순간.

유신운의 신형이 서 있던 자리에서 감쪽같이 사라졌다.

'……!'

'무, 무슨?'

갑작스레 발생한 믿기지 않는 사태에 유일랑을 제외한 모든 이들이 두 눈을 끔뻑였다.

콰아아아!

콰가가!

콰아아앙!

—……켁!

그러나 뒤이어 그들의 눈에 들어온 것은 단말마의 비명과 함께 내성 벽에 처박히는 유자량의 모습이었다.

움직임에 어떠한 소리도 내지 않는 무음(無音)의 영역에 들어선 유신운이 가공할 빠르기로 움직여 유자량에게 우권을 꽂아 넣은 것이었다.

혼돈의 힘에 뼈가 부서졌던 이전과 달리 조화신기가 감싸고 있는 유신운은 조금의 피해도 입지 않았다.

조화신기를 파훼시키던 혼돈의 힘이 발휘되지 않고 있었던 것이다.

아니, 감히 조화신기에 영향을 끼치지 못하고 있다는 것이 더 정확한 표현이리라.

이제는 도리어 유자량의 혼돈의 힘을 유신운의 조화신기가 사멸시키고 있었다.

—크으으!

그러던 그때, 아직 충격이 남아 있는 듯 유자량이 연신 제

몸을 꿈틀거렸다.

그러곤 강기를 감싼 유신운의 강타에 갈비뼈가 훤히 드러난 자신의 우측 복부를 내려다보았다.

-크아아아!

유자량이 산산이 부서진 벽에서 몸을 일으키며 분노에 찬 울음을 토해 냈다.

좌아!

처척!

그 모습을 바라보던 유신운이 가만히 허공에 손을 뻗자, 바닥을 나뒹굴던 흑마염태도가 다시금 그의 손으로 날아들었다.

'영면에 들게 해주겠소, 유자량.'

조화신기가 깃들기 시작하자 혼돈의 힘에 엉망이 된 상태였던 흑마염태도가 언제 그랬냐는 듯 가공할 기운을 내뿜었다.

번쩍하고 빛이 점멸하며 두 사람이 격돌했다.

콰가가가!

콰아아!

둘의 움직임은 완전히 상반되었다.

유자량은 파괴 전차와 같은 기세로 돌격해 무차별적으로 공세를 펼치는 데 반해…….

좌아아아아!

쐐애액!

유신운은 이전과 마찬가지로 조금의 소음도 없는 무음으로 움직이며 소낙비와 같이 검초를 쏟아 내고 있었기 때문이었다.

무위가 떨어지는 이들이 보기에는 두 사람의 공방은 그저 몇 합을 나누고 있는 것처럼 보였다.

'……말도 안 돼.'

'한낱 인간이 어찌 저런 움직임을 보인단 말인가!'

하지만 화경 이상의 무인의 눈으로 본 두 사람의 싸움은 상상을 초월했다.

콰가가가!

채채채챙!

찰나의 순간에 수십…… 아니, 기백에 달하는 공격을, 유신운이 펼치고 있었던 것이다.

눈으로 따라가기조차 벅찬 파괴적인 공세를 펼치는 유신운의 모습은 진정 도선(刀仙)의 현현이었다.

일반 무인들이 왜 갈수록 유자량의 몸에만 크고 작은 상처가 전염병이 번지듯 퍼져 가는지 이해하지 못하던 그때.

서거걱!

투둑!

-키, 키에엑!

섬뜩한 절삭음과 함께 유자량의 오른팔이 뎅겅 잘려 바닥에 나뒹굴었다.

고통에 찬 신음을 내뱉는 유자량을 유신운이 얼음장처럼
차가운 시선으로 바라보았다.

그 모습을 지켜보던 북리겸이 부서질 듯 이를 갈았다.

이미 승패는 명약관화와 같은 상황이었다.

'어차피 이미 한 놈이 폐기된 상태. 모두 버릴 각오를 해야
한다.'

그렇게 결정을 내린 그는.

콰직!

한 손에 쥐고 있던 혼돈의 심장을 움켜쥐어 파괴했다.

스아아아!

콰아아!

그러자 심장 안에 봉인되어 있던 가공할 요기가 안개처럼
피어오르더니, 곧 유자량에게로 전부 흘러 들어갔다.

쿵쿵!

순간 유자량의 심장 박동 소리가 커다랗게 울려 퍼졌다.

그와 동시에 놈의 두 눈이 피처럼 붉은빛으로 물들었다.

'이젠 나조차도 통제할 수 없다.'

심장을 부수는 것은 유자량을 폭주 상태로 만드는 방법이
었다.

-크아아아!

혼돈의 힘이 전부 개방된 유자량이 포효를 터뜨렸다.

요기가 가득 담긴 일갈은 일반 무인들의 심혼을 뒤흔들었

다.

"쿨럭!"

"크윽!"

낭인 중에는 바닥에 주저앉으며 피를 토하는 이도 있을 정
도였다.

콰르르릉!

다음 순간, 마치 벼락이 떨어지는 것 같은 굉음을 내며 유
자량이 유신운에게로 전광석화처럼 돌진했다.

하지만 유신운은 놈의 움직임을 가볍게 눈으로 모두 좇으
며 그저 다음 공격을 준비했다.

'지금이라면 충분히 가능할 것 같군.'

스르르!

유신운이 다른 행동을 멈추고 흑마염태도의 날을 세웠다.

기본에 충실한 자세를 갖춘 것에 불과했지만.

후아아아!

콰가가가가!

유신운의 전신에서 이전과는 비교도 할 수 없는 수준으로
조화신기가 맹렬하게 미쳐 날뛰기 시작했다.

그 모습을 지켜보는 유일랑의 눈에 이채가 깃들었다.

한데 그럴 만도 했다.

지금 이 순간, 유신운이 뇌운십이검의 최종 비의.

후반부 삼초를 펼쳐 보이려 하고 있었기 때문이었다.

콰가가가!

위이이잉!

유신운의 흑마염태도에서 피어오른 수십의 도환이 소용돌이처럼 맹렬히 회전하기 시작했다.

수많은 도환들이 칼날 위에 나선(螺旋)의 모습으로 휘감긴 그 모습은 보는 이로 하여금 두려움과 경외심을 동시에 갖게 하였다.

파바밧!

-크아아!

그 순간, 유자량이 유신운의 발치에 당도했다.

놈의 온몸을 둘러싼 혼돈의 요기가 먹잇감을 집어삼키기 위해 입을 벌린 상어의 모습과 같았다.

유신운이 혼돈의 요기에 휩싸인 그때.

처척.

이윽고 유신운이 한 발자국을 걸어 나오며 흑마염태도를 사선으로 내리그었다.

뇌운십이검 신운류.

후반부 1초.

비전오의(祕典奧義).

굉뢰나선(轟雷螺旋).

검환들이 모여 사슬처럼 단단히 묶인 유신운의 기운은 나선강기라 칭해도 되리라.

나선강기는 마치 살아 숨 쉬는 생명체와 같았다.

콰가가가!

촤아아!

―……!

흑마염태도에서 쏟아진 나선강기는 순식간에 유자량의 전신을 휘감았다.

그 모습이 마치 뱀이 꽈리를 뜨는 것 같았다.

다만 다른 점이 있다면.

치이이이!

콰스스스!

유신운의 나선강기에 닿은 유자량의 육신이 흔적도 없이 분해되고 있다는 점이었다.

육신뿐만 아니라 혼돈의 요기도 완전히 붕괴되고 있었다.

본능적으로 자신의 최후를 직감한 유자량이 발버둥을 쳤다.

―크, 크아악!

하지만 그럴수록 고통만이 심해질 뿐이었다.

게다가 녀석의 그런 행동은 연쇄 작용을 가져왔다.

유자량이 몸을 버둥거릴 때마다 나선강기가 사파련 진영의 무인들에게까지 쏟아졌다.

콰가가가!

콰르르릉!

-키에에엑!

-크어억!

흡사 분노한 뇌신(雷神)이 인간에게 단호한 심판을 내리는 듯한 형국이었다.

귀가 마비될 것 같은 거친 뇌성벽력과 함께 유신운의 나선 강기가 전장을 휩쓸었다.

전세가 완전히 역전되어 있었다.

내성 곳곳에 무참히 갈려진 사파련 무사들의 시체가 산처럼 쌓여 가고 있었다.

그때 두 다리조차 잃고 바닥에 엎어졌던 유자량에게 유신운이 터벅터벅 걸어갔다.

-크, 크으으······.

엉망진창이 된 유자량은 그를 감히 올려 쳐다보지도 못하고 몸을 꿈틀거리고만 있었다.

'아무래도 혼돈의 힘을 얻는 것까지는 불가능하겠군.'

북리겸이 혼돈의 힘을 강제로 폭주시킨 탓에 함부로 기운을 흡수하려 했다가는 거대한 폭발을 일으킬 가능성이 컸다.

아군 무인들을 희생시킬 수는 없었기에 유신운은 아쉽지만 혼돈의 힘을 포기하기로 결정했다.

스윽!

이어 유신운이 최후의 일격을 쏟아 내려던 순간.

—냥냥.

어느새 다시 한번 발치로 다가온 흑점이가 울음을 내고 있었다.

'설마.'

유신운이 혹시나 하던 찰나, 흑점이가 자그마한 자신의 입을 벌리고 있었다.

스아아아!

촤아아!

"······!"

그러자 흑점이가 유자량의 전신에 가득했던 혼돈의 요기를 통째로 집어삼키기 시작하였다.

[대요괴, 혼돈의 정기를 플레이어의 소환수, '흑점이'가 전부 흡수하였습니다.]

혼돈의 요기를 포식한 후 순식간에 배가 통통해진 흑점이는 꺼억, 트림을 한 후 뒤뚱거리며 전장에서 벗어났다.

'저 녀석 정체가 대체 뭐야?'

그 모습을 보며 유신운이 혀를 내둘렀다.

한데 그때였다.

"······유, 가주."

"……!"

요기가 사라지며 잠시나마 정신이 돌아온 유자량이 유신운을 부르고 있었다.

하지만 이미 육신이 시체나 다름없는 상태였기에, 눈에 돌아온 현기가 빠르게 빛을 잃어 가고 있었다.

그에 유신운이 다급히 말을 건넸다.

"유자량, 대체 황궁에서 무슨 일이 있었던 거요?"

"마, 마존(魔尊)을 조심……! 쿨럭!"

'마존?'

하지만 유자량은 피를 토하며 알 수 없는 말을 내뱉을 뿐이었다.

유신운은 다시 한번 그에게 말을 건네려 했지만.

"황제…… 폐하를 부탁하……."

결국 유자량은 그 말을 남기고 숨을 다하고 말았다.

'편히 잠드시오, 유자량.'

주인을 걱정하는 마음에 눈도 감지 못한 채 죽음을 맞이한 유자량.

유신운은 자신의 손으로 그의 눈을 감겨 주었다.

처척.

유신운이 몸을 일으켰다.

이어 유신운은 당황에 찬 눈빛으로 자신을 바라보고 있는 북리겸과 시선을 맞추었다.

'네놈은 필히 고통 속에 죽게 해 주마.'

참을 수 없는 분노로 피가 들끓고 있는 그의 전신에서 조화신기가 휘몰아치고 있었다.

살기등등한 눈빛으로 자신을 빤히 노려보는 유신운의 시선에 북리겸의 얼굴에 분노가 차올랐다.

'감히 하찮은 쓰레기 따위가 본좌를 저따위 눈으로……!'

평생 그를 바라보는 정파인들의 눈빛에는 오로지 두려움과 공포뿐이었다.

어느 누구도 저런 광오하기 짝이 없는 눈빛을 보낸 적이 없었던 것이다.

그는 당장에라도 도를 꺼내 쥐고 유신운에게 달려들고 싶었지만.

으아아!

끄아악!

사파련 군영에서만 울려 퍼지고 있는 참혹한 비명에 화를 참아낼 수밖에 없었다.

"흑명왕님이 적을 쓰러뜨렸다!"

"유 가주님이 청룡검을 해치웠다! 우리도 적들을 섬멸하자!"

흑명왕과 유신운.

두 사람의 승리에 사기가 하늘을 뚫을 기세로 오른 백운세가 진영의 무인들이 마지막 남은 힘까지 쏟아 내며 혈전을 펼치고 있었다.

어느새 전세는 완전히 백운세가의 편으로 기울어 있었다.

우우웅!

우웅!

그런 찰나, 북리겸의 뒤편에 있던 작은 새장이 어두운 빛
줄기를 뿜어내기 시작했다.

'됐다!'

포획 보패, 구룡신화조(九龍神火罩)가 발동할 준비를 끝마친
것을 확인한 북리겸의 얼굴에 사악한 미소가 떠올랐다.

'어차피 저 네 놈을 제외하면 별 볼 일 없는 놈들뿐.'

북리겸의 시선에 소신의, 귀면랑, 흑명왕, 유신운이 차례
로 들어왔다.

파밧!

그런 상황을 알 리 없는 유신운이 북리겸에게로 전광석화
처럼 돌진하였다.

'지금이다!'

그 모습을 확인한 북리겸이 자신의 기운을 구룡신화조에
모두 쏟아부었다.

화르륵!

그 순간, 텅 비어 있던 새장 속에서 푸른 불꽃이 피어나더
니…….

화아아아!

콰아아!

곧이어 그 불꽃은 거대한 화마가 되어 파도처럼 전장의 세 사람에게 휘몰아쳤다.

"……!"

그건 바로 다름 아닌 귀면랑과 소신의 그리고 유신운이었다.

세 사람을 삼킨 불꽃은 다시금 새장 속으로 돌아왔다.

"어, 어디에?"

"소신의님!"

그리고 세 사람의 모습이 감쪽같이 사라져 있었다.

당황한 기색이 역력한 백운세가 진영의 문인들이 두 눈을 끔뻑이고 있었다.

'세 놈의 수급을 가지고 나오면 모든 적의 사기가 땅으로 떨어질 터. 그 후 단신이 된 흑명왕만 쳐 죽이면 전세를 완전히 역전할 수 있다.'

포획 보패인 구룡신화조는 최대 세 명까지의 적을 탈출이 불가능한 공간으로 강제 이동시킬 수 있는 보패였다.

그러던 그때, 흑명왕의 차갑게 가라앉은 눈동자와 북리겸의 시선이 마주쳤다.

'조금만 기다려라, 다음은 네놈의 차례가 될 터이니.'

화르륵!

북리겸은 그런 흑명왕을 비웃으며 구룡신화조의 마지막

불꽃을 자신에게 사용했다.

"련주님이 적들을 데려가셨다!"

"이때를 놓치지 말고 적들을 격살해라!"

그렇게 네 사람이 전장에서 잠시 모습을 감추자, 전투는
더욱 치열하게 변해 가고 있었다.

～

'보패를 숨기고 있었군.'

눈을 뜬 유신운은 찰나 만에 완전히 뒤바뀐 주변의 모습을
보고 자신이 북리겸의 보패에 당했음을 깨달았다.

한 줌의 빛도 없이 오로지 짙은 어둠만이 존재하는 공간에
떨어져 있었다.

'비교하자면 우주 같군.'

두 눈에 조화신기를 집중하고 주변을 살핀 후 느낀 소감이
었다.

보패 안의 공간은 우주와 비슷한 면이 많았다.

칠흑의 공간.

그리고 무중력 상태처럼 바닥에 발을 딛지 못하고 둥둥 떠
다녀야 하는 것 둘 다.

처척!

하지만 그것도 잠시뿐.

곧 두 발의 용천혈에 조화신기를 집중한 유신운은 허공에
바로 설 수 있었다.

처척!

척!

그리고 그것은 함께 끌려온 두 도플갱어도 마찬가지였다.

녀석들은 주변의 시선이 사라지자 완전히 인형과 같은 모
습으로 변한 채 유신운의 곁을 호위하기 시작했다.

'놈은 어디에 있는 거지?'

싸늘한 침묵이 내려앉은 가운데, 유신운이 주변을 주시했
다.

쐐애애액!

콰가가가!

그때 그가 서 있는 곳에서 한참 떨어진 위치에서 시끄러운
파공성이 울려 퍼졌다.

'온다!'

유신운이 보이지 않는 무형(無形)의 공격을 소리로 예측하
던 그때.

우우웅!

느닷없이 유신운의 머리 위의 허공에 작은 균열이 발생했
다.

그리고 그 속에서 가공할 기운을 담은 도환(刀丸)의 무리가
혜성처럼 유신운에게 날아들었다.

공간을 자유자재로 이용하는 공격에 사방을 호위하던 두 도플갱어도 기습을 방비하지 못했다.

'귀찮은 능력이군.'

그러나 유신운은 전혀 당황하지 않고 숨기고 있던 육혼번의 깃을 모두 개방했다.

날개옷처럼 펄럭이는 육혼번의 깃들이 순식간에 유신운의 전신을 감쌌고.

화아아!

콰가가강!

도환들과 맞부딪치며 거대한 충격파와 굉음을 만들어 내었다.

폭풍이 몰아친 것 같았지만, 육혼번의 깃은 조금의 타격도 없었다.

완성된 조화신기로 인해 육혼번의 효능 또한 강화되며, 이전과 비교할 수 없을 정도로 뛰어난 방어력을 자랑하고 있었기 때문이었다.

그러나 안타깝게도 육혼번이 황홀한 광채를 발휘하는 것은 그리 오래 지속되지 않았다.

스아아아!

촤아아!

육혼번뿐 아니라 유신운의 전신에서 흘러넘치던 상서로운 기운이 빠르게 사그라들고 있었던 것이다.

'영감님의 기운은 여기까지군.'

전해 받은 유일랑의 기운은 영원한 것이 아니었다.

빌려준다던 말처럼 금세 사라지고 있었다.

그러던 그때, 어둠의 저편에서 북리겸의 목소리가 울려 퍼졌다.

"끌끌, 역시로군. 네놈 따위가 그 정도의 힘을 오래 유지하지 못하리라 예상했지."

북리겸이 숨기고 있던 진체를 드러냈다.

놈은 유신운을 보며 회심의 미소를 짓고 있었다.

조화경의 초입에 들었던 것으로 보였던 상대의 경지가 다시금 현경으로 내려앉은 것을 확실히 느꼈기 때문이었다.

'역시 놈도 구룡신화조의 공능에는 당해 내지 못하는군.'

구룡신화조에 갇힌 상대는 자신의 힘을 발휘하기 위해서는 기존에 사용하던 내기의 양을 본래보다 몇 배 이상을 소모해야 했다.

게다가 구룡신화조 속에 가득한 사기(邪氣)가 그들의 내기를 혼탁하게 만들었기 때문이었다.

포획 보패라는 이름처럼 그야말로 무인에게는 치명적인 덫이었다.

화르르르!

콰가가!

그때 북리겸이 자신의 내기를 끌어올리자 화산이 폭발하

듯 엄청난 기운이 휘몰아쳤다.

구룡신화조는 포획한 적들에게는 악영향을 끼치지만 보패의 사용자에게는 적들의 기운을 흡수하여 전달하기에 기운이 넘쳐흘렀던 것이다.

우우웅!

좌아아아!

북리겸이 자신의 도를 비스듬히 들어 올리자, 공명음과 함께 수십의 도환이 별무리처럼 떠올랐다.

"세 놈 모두 온몸에 바람구멍을 내 주마!"

일갈을 토해 내며 북리겸이 세 사람을 향해 자신의 도를 거칠게 휘둘렀다.

쐐애액!

콰가가가!

북리겸의 도를 떠난 도환들이 허공을 어지럽게 흔들리며 세 사람에게 날아들었다.

상대의 내기가 눈에 띄게 줄어 있었기에 북리겸은 자신만만했다.

하지만.

'……뭐지?'

곧 알 수 없는 미소를 짓고 있는 유신운의 표정을 확인한 북리겸은 당혹감을 숨기지 못했다.

실성이라도 한 것일까?

북리겸이 당황해하는 찰나, 생각지도 않은 사건이 벌어졌다.

스아아!

'……!'

대막의 신기루처럼 그의 눈앞에서 갑자기 귀면랑과 소신의가 사라진 것이다.

'설마 탈출한 건가?'

하나 그건 말이 되지 않는 일이었다.

구룡신화조는 한 번 포획한 생자는 죽음을 맞이하거나 사용자의 명령이 있지 않은 이상 절대로 밖으로 내보내지 않기 때문이었다.

그러던 그때 홀로 남은 유신운이 그를 보며 작게 뇌까렸다.

"넌 최악의 선택을 한 거야."

화르르르!

콰가가가!

그 순간 줄어들었던 유신운의 기운이 북리겸은 우습게 보일 정도로 거대하게 증폭되었다.

도플갱어 두 명을 상시 유지하는 데에 소모되던 막대한 양의 기운이 그대로 돌아왔기 때문이었다.

북리겸이 친절하게도 모두의 시선에서 자유롭게 만들어 주었기에 가능한 일이었다.

게다가 그뿐이 아니었다.

'좋아. 이곳의 사기도 조화신기가 굴복시켰다.'

무인의 내기를 오염시키는 구룡신화조의 사기는 조화신기의 힘을 이기지 못했다.

사기는 조화신기의 식량 거리로 전락해 완벽히 흡수되고 있었다.

유신운은 홍수가 난 것처럼 넘실거리는 조화신기를 한 손에 모으며 사령술을 발동시켰다.

"코쿤 오브 타나토스."

스아아아!

촤아아!

유신운의 말이 끝난 순간, 어둠 속에서 흉험하기 짝이 없는 기운이 미쳐 날뛰며 괴이한 형상을 갖추기 시작했다.

살아있는 듯 꿈틀거리는 그것은 마치 고치의 형상을 띄고 있었다.

'저놈도 술법을 사용할 수 있다고?'

유신운의 정체를 알 수 없는 술법에 북리겸의 눈이 지진이라도 난 듯이 흔들렸다.

하지만 그가 놀랄 일은 아직도 많이 남아 있었다.

[플레이어가 '조화신기'로 스킬, '코쿤 오브 타나토스'를 사용하는 데 성공하였습니다.]

[숨겨진 시너지 효과를 발견하였습니다.]

[히든 효과가 발휘됩니다.]

촤아아아!
슈우욱!
"......!"
유신운의 눈앞에 일련의 시스템 메시지가 떠오름과 동시에 마기로 이루어진 고치가 유신운에게 날아드는 수십의 도환들을 모조리 집어삼키고는.

[스킬, '코쿤 오브 타나토스'가 흡수한 기운을 적에게 위력을 대폭 증폭하여 되돌립니다.]

파바바밧!
콰가가가!
곧이어 엄청난 폭음과 함께 아가리를 벌린 고치에서 수많은 도환이 총탄처럼 내뱉어졌다.
"크읍!"
자신에게 날아드는 도환들을 보며 북리겸이 저도 모르게 침음을 흘렸다.
어쩔 수 없었다.
도환에 담긴 기운이 그가 처음 쏟아 냈던 것보다 배는 더 강해져 있었으니까.

쐐애액!

콰가가!

그가 기운을 두른 도를 맹렬히 휘두르며 도환들을 튕겨 냈다.

하지만 도환 하나하나에 담긴 가공할 위력에 몸에 빠르게 부하가 쌓여 갔다.

결국 그의 손아귀가 찢어지며 피가 흘러내렸고.

콰드득!

쨍겅!

"크아악!"

기운을 버티지 못한 도의 칼날이 산산이 조각났다.

칼날의 파편 하나가 눈을 깊게 찌르자 북리겸이 고통에 찬 신음을 내뱉었다.

그러나 그 처참한 모습을 바라보는 유신운의 눈에는 일말의 동정심도 없었다.

그는 상대에게 더욱 끔찍한 최후를 선사하기 위해 자신의 전력을 끌어 올리기 위해 움직였다.

파밧!

파바밧!

유신운이 조화신기로 만들어 낸 기침(氣針)을 자신의 혈도 곳곳에 박아 넣었다.

[플레이어가 청낭 선의술, '생사금침'의 히든 효과를 발견하였습니다.]

[한 시진 동안 조화신기의 절대량이 대폭 증가합니다.]

[소모되는 진기의 회복량이 대폭 증가합니다.]

[모든 혈맥의 혈도가 최상의 상태로 회복되었습니다.]

유일랑에게 억지로 기운을 전해 받는 중에 상했던 그의 몸 상태가 생사금침을 통해 완벽한 상태로 돌아갔다.

'가는 길을 보았으니 다시 걸어가는 건 쉽지.'

그 순간 유신운은 유일랑이 알려 주었던 길 그대로 본인의 순마기를 흘려보냈다.

그러자 유신운의 내부에서 조화신기가 미친 듯이 날뛰기 시작했다.

콰가가가! 꽈르르릉!

유신운의 귓전에 수천 개의 벼락이 동시에 내리꽂히는 것과 같은 소음이 울려 퍼졌다.

하지만 그것도 잠시뿐이었다.

스아아아!

촤아아!

구룡신화조에 들어오며 기운을 다했던 완성된 조화신기가 다시금 영화롭게 피어오르기 시작했다.

[플레이어가 진정한 '조화경'의 편린을 엿보는 데 성공했습니다.]

[새로운 깨달음을 얻어 '조화신기'의 완성률이 75%가 되었습니다.]

[특성, '무제(武帝)'를 획득하였습니다.]

[스킬, '진 이기어검(眞 以氣馭劍) EX-'를 획득하였습니다.]

유일랑에 비교할 수 없을 정도로 농도가 매우 탁하기는 했으나, 유신운은 드디어 스스로의 힘만으로 순마기를 조화신기에 녹여 내는 데에 성공했다.

조화경의 초입을 넘어 중급이라는 새로운 영역에 올라선 유신운은 놀란 감정을 숨기지 못했다.

'트리플 S가 끝이 아니었다고?'

그건 눈앞에 떠오른 시스템 메시지 때문이었다.

그가 이전 생애에서 알고 있던 스킬의 등급은 SSS급이 마지막이었다.

한데 이번에 새롭게 얻게 된 스킬, '진 이기어검'은 EX-급이라는 생전 처음 보는 경지로 적혀 있었던 것이다.

'EX라면 엑스트라…… 곧 규격 외라는 건가? 놀랍군.'

자신의 몸에 흐르는 조화신기를 차분히 진정시키며 유신운이 탄성을 자아냈다.

"크아아! 이 개자식! 사지를 찢어 죽이리라!"

한데 그때 북리겸이 격노를 토해 내며 기운을 폭사시켰다.

하지만 위압적인 목소리와 달리 그의 전신은 코쿤 오브 타나토스로 인한 상처로 피투성이가 되어 있었다.

쐐애액!

파바밧!

진각을 박차며 북리겸이 쏜살같이 유신운에게 달려들었다.

도환들이 그의 검날 위에서 맹렬히 회전하고 있었다.

하나 유신운은 그런 북리겸의 움직임을 감정 하나 없는 차가운 눈빛으로 따라가며 반격을 준비할 따름이었다.

'새로 얻은 건 바로 써 봐야겠지.'

스아아아!

촤아아!

그 순간 유신운의 조화신기가 그의 육신을 넘어 공간 전체에 퍼져 나가기 시작했다.

어둠만이 존재하던 구룡신화조의 공간이 유신운의 완성된 조화신기가 파고들자 통째로 뒤흔들리고 있었다.

'뭐야, 저건?'

유신운의 기운에서 섬뜩함을 느낀 북리겸의 눈동자가 거세게 흔들렸다.

그의 본능이 극한의 위험을 알리고 있었다.

하지만 그는 이를 악물었다.

이미 그는 물러설 수 없는 영역에까지 발을 들인 상태였기 때문이었다.

"멸천광세(滅天狂勢)!"

그는 자신을 사파의 맹주로 만들어 준 무공인 혼류파천도(混流破天刀)의 마지막 초식을 펼쳐 보였다.

콰가가가!

콰아아!

그의 칼날 위에서 맹렬히 회전하던 도환이 모든 것을 파괴할 기세로 유신운에게 쏟아지고 있었다.

티티팅!

파슥!

'뚫었다!'

순간 상대의 몸에 둘려 있던 보패의 옷깃이 북리겸의 도환의 힘을 이겨 내지 못하고 바스러졌다.

그에 북리겸이 속으로 쾌재를 불렀다.

승리를 확신하며 기쁨에 취한 채 유신운의 목에 칼날을 휘두르던 그는…….

'검은…… 어디에?'

갑작스러운 유신운의 변화를 눈치챘다.

무방비 상태로 자신을 바라보고 있는 상대의 손에 분명히 들려 있던 무기가 사라져 있었다.

그의 등줄기에 소름이 끼쳐 왔다.

'이건 함정……!'

쐐애애액!

쫘르르릉!

그러던 그때, 그의 귓전에 하늘이 무너지는 것만 같은 거대한 뇌성벽력(雷聲霹靂)이 울려 퍼졌다.

콰가가가!

콰아앙!

"……끄!"

그와 동시에 북리겸의 눈앞이 아득해지며 복부에 거대한 충격이 휘몰아쳤다.

쿠당탕탕!

거대한 힘에 적중당한 그는 돌진했던 속도보다 배는 더 빠르게 날아가 뒤편에 처박혔다.

참을 수 없는 고통이 휘몰아치고 있었다.

북리겸은 순간적으로 정신을 잃을 뻔했지만, 겨우 마지막 끈을 부여잡았다.

"커억! 쿨럭!"

도를 지팡이 삼아 몸을 일으켰는데, 검붉은 피가 입에서 뿜어졌다.

칼날에서 휘몰아치던 도환은 어느새 유리알처럼 산산이 조각나 있었다.

'……대체 무슨 일이 벌어진 거야?'

북리겸이 도대체 무슨 일이 벌어졌는지 알아차리지 못하던 그때.

"쯔쯔, 겨우 그거 하나에 그렇게 힘들어하면 어떻게 하나."

유신운이 혀를 차며 조롱을 내뱉었다.

그에 발끈하며 도를 고쳐잡으며 다시금 유신운을 바라보던 그는.

"⋯⋯!"

겨우 '하나'라는 상대의 말에 담긴 진의를 알아차릴 수 있었다.

우우웅!

스아아아!

상대편의 허공에 도(刀), 창(槍), 겸(鎌)의 세 병기가 떠올라 있었다.

조화신기가 충만한 세 가지 병기를 바라보던 그의 눈동자가 커다랗게 확장되었다.

'저, 저게 다 보패?'

그랬다.

진 이기어검(以氣馭劍)은 일반적인 병장기가 아닌 보패를 조작하는 스킬이었던 것이다.

게다가 그 공능은 단순히 원격 조작으로 그치는 것이 아니었다.

"전력 개방."

유신운이 명령어를 꺼낸 순간.

콰가가가!

콰아아!

허공에 떠오른 흑마염태도, 삼첨도, 융독겸이 각기 지닌 권능의 힘이 조화신기와 융합되며 더욱 강화되어 나타나기 시작했다.

흑마염태도는 세상을 불태울 것 같은 마염을.

삼첨도는 하늘을 꿰뚫을 천뢰를.

융독겸은 모든 것을 녹여 낼 극독을 토해 내기 시작했다.

'위, 위험하다. 이건 은총의 힘을……!'

북리겸이 세 보패에서 느껴지는 가공할 힘에 당혹감을 숨기지 못하던 찰나.

"격살."

유신운이 양손을 앞으로 뻗으며 진 이기어검을 다시 한번 발휘했다.

쐐애애액!

콰가가가!

공기를 찢어발기는 듯한 파공성을 뿜어내며 세 보패가 북리겸에게 날아들었다.

콰그그그!

콰아아아앙!

진 이기어검의 힘으로 증폭된 세 보패의 권능이 동시에 쏟

아지자, 공간 전체가 뒤흔들리는 거대한 폭발이 연쇄적으로
벌어졌다.

가히 신조차도 소멸시킬 수 있을 것 같은 위력이었으나,
유신운은 아쉽다는 표정으로 앞을 바라보고 있었다.

'간발의 차로 변신하며 공격을 막아 냈나.'

안타까워하는 유신운의 눈앞에 시스템 메시지가 떠오르고
있었다.

[용족계 몬스터와 조우했습니다.]

[플레이어의 보유 칭호, '드래곤 슬레이어'가 자동으로 장
착됩니다.]

우우우웅!

콰아아아!

마염과 천뢰가 끝없이 불타오르는 폭발 속에서 진홍빛의
세로 동공이 번뜩이고 있었다.

−크아아아!

그와 함께 공간에 드래곤 피어(Dragon Fear)가 **초래한 거대한
충격파가 폭풍처럼 휘몰아쳤다.**

본래 드래곤 피어는 듣는 이로 하여금 극도의 정신 혼란을
일으키지만.

"거참, 자식들이 궁지에 몰리면 소리만 **빽빽** 질러 대네."

이미 정신계 저항 특성이 한계에 도달한 유신운은 조금도 영향을 받지 않으며 귀만 후벼 팠다.

곧이어 마염과 천뢰의 벽이 사라지고, 새로운 7재앙이 모습을 드러냈다.

전생에서 홀로 이집트를 멸망시킨 괴물.

태양신을 삼킨 혼돈.

밤과 모래를 다스리는 마룡.

삭월(朔月)의 명룡(冥龍), 아포피스가 그 모습을 현현했다.

공간을 가득 채울 정도로 거대한 아포피스는 회색빛의 용린(龍鱗)으로 뒤덮여 있었다.

하지만 전생에서 S랭크 이상의 고위 헌터들로 이루어진 군대가 포화를 쏟아 내도 멀쩡했던 놈의 용린은 세 보패의 힘에 이미 갈가리 찢겨 있었다.

─크르르! 이제는 아무것도 필요치 않다! 오로지 네놈만을 죽이리라!

아포피스는 분노를 토해 내며 공격을 시작했다.

스아아아!

촤아아!

아포피스의 전신에 흘러넘치던 오염된 마나가 요동쳤다.

마나의 파동이 쏟아지며 곧 바닥에 수많은 소환진이 모습을 드러냈다.

처처척!

처척!

아포피스가 만들어 낸 수없이 많은 모래 병사들이 속속들이 모습을 드러냈다.

공간을 가득 채울 정도로 가득한 병단을 보며 아포피스가 비웃음을 흘렸다.

—네놈 홀로 이 많은 병사들을 감당할 수 있을 것 같……?

하지만 아포피스는 곧 입을 닫고 말았다.

자신을 보며 무슨 이유에선가 행복한 미소를 띠고 있는 유신운이 가볍게 손짓하자.

우우웅!

우웅!

자신의 것보다 수배는 많을 법한 소환진이 바닥에 모습을 드러내고 있었기 때문이었다.

"좋아. 이제 본 드래곤이 두 마리가 되겠군."

유신운의 한마디와 함께.

덜그덕. 덜컥.

뼈 소리가 시끄럽게 울려 퍼짐과 동시에 스켈레톤들이 끝없이 모습을 드러내고 있었다.

스아아!

어느새 유신운의 손에 음험한 기운을 풍겨 내는 네크로노미콘이 들려 있었다.

[스킬, '네크로노미콘 서장'이 활성화된 시간 동안, 모든 사령 소환수의 소환 가능 최대치 제한이 해제됩니다.]

압도적인 병력의 차이에 아포피스의 모래 병사들은 너무도 허무하게 금세 진압되어 갔다.

병력 대 병력의 싸움에서 유신운을 이길 자는 존재하지 않았다.

네크로노미콘 서장의 힘은 거기서 그치지 않았다.

스아아아!

크그그극!

'고, 공간이……?'

공간이 뒤틀리는 모습을 보며 아포피스가 당황을 숨기지 못했다.

공간진을 잠식하고 끝내 장악해 버리는 네크로노미콘의 힘으로, 유신운은 순식간에 구룡신화조의 통제권을 획득한 것이었다.

그렇게 도망조차 가지 못하게 최후의 수단을 막아 놓은 후.

우우웅!

쿠구구구!

"자, 이제 마지막 절망을 맛보게 해 주마."

유신운은 세 개의 소환진을 불러일으켰다.

스켈레톤과는 비교도 되지 않는 거대한 소환진 속에서 세 재앙이 모습을 드러냈다.

ㅡ저, 저들은!

아포피스의 눈동자가 지진이라도 난 듯이 흔들렸다.

발록, 크라켄, 가루라.

유신운의 힘을 전해 받아 각기 자신과 동등한 힘을 뿜어내고 있는 그 세 존재를 보며, 아포피스는 그제야 자신의 최후를 직감했다.

크아아아!

카오오!

세 재앙이 거친 포효를 토해 내며 한 발짝, 한 발짝씩 아포피스에게 다가갔다.

아포피스는 그 거대한 몸을 덜덜 떨며 어찌할 바를 모르고 있었다.

전의를 완전히 상실한 그를 향해 유신운이 싸늘한 미소를 지으며 말을 꺼냈다.

"기대해 두는 게 좋을 거야. 말했듯이 절대 쉽게 죽여 주진 않을 거니까."

유신운의 말은 그대로 실현되었다.

ㅡ끄어어, 억.

발록이 아포피스의 두 눈을 그대로 뽑아내어 바닥에 내던졌고.

-크아아악!

크라켄이 수많은 촉수로 아포피스의 비늘과 살점을 모조리 뜯어냈으며.

-주, 죽여…… 줘…….

가루라가 마지막의 마지막으로 숨을 거둘 때까지 전격으로 내부를 지져 버린 것이다.

그리고 마침내.

-으, 으흐. 흐힛.

고통과 공포에 결국 이성을 잃고 미쳐 버리고 말았다.

고문이나 다름없는 일방적인 전투로 뼈가 그대로 드러나 있는 아포피스에게 유신운이 터벅터벅 걸어갔다.

서거걱!

쿠구궁!

곧이어 소름끼치는 절삭음과 함께 아포피스의 머리가 잘려 바닥에 떨어졌다.

이로써 네 번째의 령주를 해치운 순간이었다.

팔령주 중 절반을 해치운 순간임에도 유신운의 표정은 결코 밝지 않았다.

'왜 이 순간…… 놈의 눈이 떠오르는 것일까.'

어떠한 감정도 담기지 않은, 인간의 것이 아니었던 눈.

본 역사의 유신운을 죽였던 혈교주의 두 눈이 잔상처럼 아른거리고 있었기 때문이었다.

그러던 그때, 그의 눈앞에 수많은 시스템 메시지가 물밀 듯이 날아들고 있었다.

[재앙, '아포피스'를 처치하였습니다.]

[보상으로 '최상위 마나석'을 획득하였습니다.]

[경험치가 최대치에 도달했습니다.]

[레벨이 상승하였습니다.]

[160레벨을 달성하였습니다.]

[스킬, '음의 마나 하트'의 랭크가 SSS+가 되었습니다]

['음의 마나 하트'에 쌓인 음의 마나가 8서클에 도달하였습니다.]

[보유 권속에 새로운 소환수가 추가됩니다.]

[스킬, '스켈레톤 마스터리'의 랭크가 EX-가 되었습니다.]

[랭크 상승으로 동시에 소환 가능한 권속의 숫자가 1,000기가 되었습니다.]

[신규 스킬, '오버로드 마스터리'의 봉인이 해제되었습니다.]

[신규 스킬, '스켈레톤 마스터(No Life King) EX-'의 봉인이 해제되었습니다.]

[신규 스킬, '네크로노미콘 종장 EX-'의 봉인이 해제되었습니다.]

[신규 스킬, '무한의 심장 EX-'의 봉인이 해제되었습니다.]

[신규 스킬, '기어 다니는 안개(The Crawing Mist) EX-'의 봉인이 해제되었습니다.]

[신규 스킬, '멸망의 황혼(Ruinous Dusk) SSS+'의 봉인이 해제되었습니다.]

[신규 스킬, '카오스 텔레포트 EX-'의 봉인이 해제되었습니다.]

[처치 보상으로 신규 보패, '구룡신화조'를 획득하였습니다.]

진 이기어검 외에도 EX-급 스킬들이 상당히 많이 추가되어 있었다.

우우웅!

이어 진동음과 함께 유신운의 눈앞에 바깥으로 나가는 균열이 발생하고 있었다.

다음 권으로 이어집니다

무림세가
전설돌이

가휼 판타지 장편소설

전능하신 영주님

꿈의 도약, 로크에서 하십시오
(주)로크미디어에서 신인 작가를 모십니다

즐거운 세상, 로크미디어는 꿈을 사랑하고 도전을 두려워하지 않는 작가 분들의 참신한 작품을 기다리고 있습니다. 21세기 장르 문학계를 이끌어 갈 차세대 선두 주자 (주)로크미디어에서 여러분의 나래를 활짝 펴 보시길 바랍니다.

모집 분야 판타지와 무협을 포함한 장르 문학
모집 대상 아마추어 작가, 인터넷 작가
모집 기한 수시 모집
   작품 접수 시 유의 사항
   1. 파일명은 작가명_작품명.hwp형식을 갖춰 주십시오.
   1. 파일에 들어갈 내용은 다음과 같습니다.
      ― 성명(필명인 경우 실명을 밝혀 주세요), 연락처, 이메일 주소
      ― 제목, 기획 의도
      ― A4용지 1장 분량의 등장인물 소개
      ― A4용지 2장 분량의 전체 줄거리
      ― 본문
   1. 작품이 인터넷에 연재되고 있다면, 게시판명과 사이트의 구체적이고 정확한 주소를 기재해 주십시오.

선택된 작품은 정식 계약 후 출판물로 간행되어 전국 서점에 유통됩니다.
작가 분은 (주)로크미디어의 전폭적인 지원하에 전속 작가로 활동하시게 됩니다.
※ 자세한 내용은 로크미디어 홈페이지(rokmedia.com)를 참조하세요.

(03920)서울시 마포구 성암로 330 DMC첨단산업센터 3층 318호
(주)로크미디어 편집부 신간 기획 담당자 앞
전화 : 02) 3273 - 5135
www.rokmedia.com   이메일 : rokmedia@empas.com

활 쏘는 대마법사

한시웅 퓨전 판타지 장편소설

거침없는 팩트 폭격으로
드래곤조차 눈치 보게 만드는
극강의 꼰대! 아니, 최강의 궁신이 나타났다!

유일하게 '신'이라 불리는 무인, 궁신 하철혁
자격을 시험받다 우화등선에 실패해
새로운 세상에서 눈을 뜨는데……

내공이 한 줌도 없다?

제로부터 시작하는 이세계 생활에 놀람도 잠시
처음으로 아버지라 느낀 존재가 살해당하고
그 뒤에 모종의 음모가 있음을 알게 되는데!

이세계에서도 궁신의 신화는 계속된다!
군필도 두 손 두 발 드는 FM 정신으로
안 되는 것도 되게 하라!

기어코 무대로

공원동 현대 판타지 장편소설